U0030640

我早就在談一場辛苦的戀愛了，一場只有我一個人的戀愛。

Misa著

出·版·緣·起

三百六十度全媒體出版

城邦原創創辦人　何飛鵬

當數位變革浪潮風起雲湧之際，做為一個紙本出版人，我就開始預想會不會有數位原生內容出版社出現？如果會的話，數位原生出版會以什麼樣貌出現？而我又將如何面對這種數位原生出版行為？

就在這個時候，我看到了大陸的起點網，這個線上創作平台，聚集了無數的寫手，形成數量龐大的創作內容，無數的素人作家在此找到了夢許之地，也成就了一個創作與閱讀的交流平台，而手機付費閱讀的習慣養成，更讓起點網成為全世界獨一無二、有生意模式的創作閱讀平台。

基於這樣的想像，我們決定在繁體中文世界打造另一個線上創作平台，這就是POPO原創網誕生的背景。

做為一個後進者，再加上我們源自紙本出版工作者，因此我們在POPO上增加了許多的新功能，除了必備的創作機制之外，專業編輯的協助必不可少，因此我們保留了實體出版的編輯角色，讓有心成為專業作家的人，能夠得到編輯的協助，我們會觀察寫作者的內容、進度，選擇有潛力的創作者，給予意見，並在正式收費出版之前，進行最終的包裝，並適當的加入行銷概念，讓讀者能快速認識作者與作品。

這就是ＰＯＰＯ原創平台，一個集全素人創作、編輯、公開發行、閱讀、收費與互動的一條龍全數位的價值鏈。

經過這些年的實驗之後，ＰＯＰＯ已成功的培養出一些線上原創作者，也擁有部分對新生事物好奇的讀者，不過我們也看到其中的不足——我們並未提供紙本出版服務。

眞實世界中，仍有許多作家用紙寫作，還有更多讀者習慣紙本閱讀，如果我們只提供線上服務，似乎仍有缺憾。

爲此我們決定拼上最後一塊全媒體出版的拼圖，爲創作者再提供紙本出版的服務，讓所有在線上創作的作家、作品，有機會用紙本媒介與讀者溝通，這是ＰＯＰＯ原創紙本出版品的由來。

如果說線上創作是無門檻的出版行爲，而紙本則有門檻的限制，線上世界寫作只要有心，就能上網、就可露出，就有人會閱讀，沒有印刷成本的門檻限制。可是回到紙本，門檻限制依舊在。因此，我們會針對ＰＯＰＯ原創網上適合紙本出版的作品，提供紙本出版的服務，我們無法讓所有線上作品都有線下紙本出版品，但我們開啓一種可能，也讓ＰＯＰＯ原創網完成了「三百六十度全媒體出版」的完整產業及閱讀鏈。

不過我們的紙本出版服務，與線下出版社仍有不同，我們提供了不同規格的紙本出版服務：（一）符合紙本出版規格的大眾出版品，門檻在三千本以上。（二）印刷規格在五百到二千本之間的試驗型出版品。（三）五百本以下，少量的限量出版品。

我們的宗旨是：「替作者圓夢，替讀者服務」，在作者與讀者之間搭起一座無障礙橋梁。

我們的信念是：「一日出版人，終生出版人」、「內容永有、書本不死、只是轉型、只是改變」。

我們更相信：知識是改變一個人、一個組織、一個社會、一個國家的起點。讓想像實現、讓創意露出、讓經驗傳承、讓知識留存。我手寫我思，我手寫我見，我手寫我知，我手寫我創，變成一本本的書，這是人類持續向前的動力。

我們永遠是「讀書花園的園丁」，不論實體或虛擬、線上或線下、紙本或數位，我們永遠在，城邦、ＰＯＰＯ原創永遠是閱讀世界的一顆螺絲釘。

楔子

我最喜歡的童話故事，就是《仙杜瑞拉》。

她雖然失去了親生母親，但得到了一個後母以及兩個姊姊，我原本很爲她高興。

可是當她爸爸去世之後，一切都變樣了，後母和姊姊開始欺負仙杜瑞拉。

我覺得好難過，也好生氣，怎麼能因爲彼此沒有血緣關係就欺負她呢？

如果我是仙杜瑞拉的姊姊，我一定會好好對待仙杜瑞拉，陪她走過喪父之痛，也陪她一起成長、一起面對煩惱，分享所有的好事壞事。

我會很愛她，她也會很愛我。

這才是身爲一個姊姊該做的事情啊！

擁有手足的我一直告訴自己，要珍惜、愛護每一位手足。

所以，我愛著千裔、愛著夕旖。

當然，我也愛著尙閎。

我不明白愛他，爲什麼會是錯的呢？

第一章

我坐在浴缸裡，在氤氳的蒸騰熱氣中深吸了一口氣，想像那股氣體從鼻腔沿著氣管向下，在我的肺中擴散。我舒服得輕哼出聲，閉上眼睛，身體緩緩躺倒，任憑溫熱的水淹過我整張臉。

「孟之杏，妳要洗到什麼時候？快點！我還等著用浴室。」忽然，敲門聲傳來，是二姊夕旖。

「家裡的浴室又不只有這一間，妳去別間不就好了？」我不疾不徐地坐直身子，水聲依舊嘩啦嘩啦。

「我就喜歡這間浴室，總之妳給我快點！」離開前，夕旖又用力拍了一下門板。

我翻了個白眼，從浴缸裡站起，拿過毛巾擦拭身體，嘴裡隨意哼著歌。穿好衣服，我推開門走出浴室，正巧看見尚閎從走道上經過。

「妳在唱歌？」他向我微笑，語氣帶著一絲不確定。

「幹麼？怎樣？」我有些彆扭地哼了一聲。

「很久沒聽到妳唱歌了，妳在學校加入合唱團，卻從來不讓我去欣賞演出，連比賽也一樣。」他手裡拿著馬克杯，看起來似乎是要回房就寢。

「你幹麼要來聽？」

「幫妳加油啊。」他一副理所當然的樣子。

「不需要，比賽的時候有家人在場，我會覺得很奇怪。」我斜眼看他，「你這麼早就要睡？」

「明天要開學了，遲到不好吧。」他歪頭笑了一下，「如果妳睡過頭，我可不會等妳喔。」

「就不要等呀。」我對他吐了吐舌，轉身往自己的房間走去。

「開玩笑的啦，我會等妳。」他在我背後喊著，好像很緊張似的。

我故意不回頭看他，嘴角卻忍不住揚起。

我們家四個姊弟年齡相近，大姊孟千裔就讀大學四年級，二姊孟夕旖是大二生，我則與最小的弟弟孟尙閎同年，在同一所高中念書。

尙閎從小就是個乖巧聽話的孩子，每次我調皮搗蛋闖了禍被責罵時，都會故意把錯推到他身上，但他從來沒有辯駁過，總是代替我默默接受父母訓斥。

而等風波過去後，我會去他房間找他，小聲向他道歉，他每次都會笑著說「沒有關係」。

我最喜歡他的溫柔。

「之杏，妳弟呢？」一早到學校，許蓓菁見面第一句話居然是這個。

「是，謝謝妳，蓓菁，妳也早安。」我把書包放到座位上，無視她的問題。

「唉唷，幹麼這樣，好啦，之杏，早安。」她狗腿地蹭蹭我的肩膀，「那妳弟呢？」

「我弟當然在他的教室，不然呢？」我沒好氣地瞥了她一眼，「妳也幫幫忙，高一跟他告白不是被拒絕了嗎？」

她趕緊摀住我的嘴巴，緊張地東張西望，低聲求饒：「不要說出來啦！」

「我弟弟最愛我了，所以他不會跟別的女生交往。」我拉開她的手。

「他是不是有戀姊情結呀？」許蓓菁皺起眉，彷彿陷入思索，而我冷哼一聲，不予回應。

她似乎還想說些什麼，卻突然抬頭朝教室外的走廊看去，下一秒立刻跑回座位上坐定，從書包抽出一本課本打開放在桌上，裝出認真的模樣，還沒來得及問她到底在搞什麼鬼，尚閎已經走到我座位旁的窗邊。

「之杏，妳拿成我的便當了。」他一手撐在窗臺，一手把便當交給我，微微笑了笑。

「是嗎？」我拉過掛在桌子旁邊的便當袋，拿出便當盒和他交換，「媽眞是迷糊。」

他瞇著眼睛看我，什麼話也沒有說，接過我手中的便當。

正想開口問他要不要一起吃午餐，沈品睿這個屁孩就冒了出來。

「之杏姊。」他嘻皮笑臉地喚我。

「不要叫我姊，我們同年好嗎？」

「今天孟家的便當菜又有什麼好吃的？分我一口吧。」他伸手搭上尚閎的肩膀。

「你午餐又吃麵包？」尚閎瞥了他一眼，沈品睿只是聳了聳肩。

上課鐘聲響起，看來也沒時間問尚閎要不要一起吃午飯了。

「快點回去上課。」我催促他們離開。

「嗯，拜啦，之杏……不，姊。」沈品睿嘿嘿笑了兩聲，和尚閎一同離開。

望著他們的背影，我嘆了口氣。

我和尚閎的便當盒大小差這麼多，媽怎麼可能會弄錯。

是我故意拿錯的，我想讓尚閎過來和我換回去，這是個可愛的惡作劇。

就只是惡作劇。

當我準備把便當袋掛回課桌旁時，一張摺起的紙條忽然被扔到我桌上，我疑惑地抬頭，見到許蓓菁對我擠眉弄眼。

「剛才的話沒說完，其實妳才是戀弟情結吧？」

紙條裡寫著這句話，我拿起紅筆畫了個愛心，把「弟」這個字框起來，再把紙條丟回給許蓓菁。

她看了紙條後怪叫一聲，引來其他同學的側目，她趕緊噤聲，又埋頭假裝認真抄筆記，而我則看向窗外的藍天白雲，天氣好得令人想睡。

「……之杏……孟之杏。」

我睜開眼睛，一個面無表情的男孩映入眼簾，他站在窗邊，有些無奈地看著我，縮回原本拍在我肩膀上的手，雙手插進口袋。

「我還真的睡著了啊。」我打了個哈欠，順便伸伸懶腰。

「妳好歹也遮一下嘴巴。」康以玄皺眉。

「怎樣，不行嗎？嫌棄就別來找我。」我故意這麼說。

康以玄沉默地盯著我看，沒有要接話的意思。

「你要幹麼啦？」受不了他的眼神，我只好摀住嘴巴，擦掉眼角因打哈欠而流出的眼淚。

「今天放學是不是也要參加社團活動？」康以玄的手透過窗口探進來，手指輕敲我的桌面。

「你跟我又不同社團，幹麼每天過來盯著我？」

「你們社長可是把這個重責大任交付給我呢。」他一臉驕傲。

我忍不住翻了個白眼，「那這位乖學生請告訴我，你剛剛去哪裡了？」

他別過頭，唇角微微勾起。

「我們不是約好了不再蹺課嗎？」我得理不饒人。

「我已經很努力了。」他聳聳肩，身體微微向前傾，目光似乎在搜尋什麼。

「看什麼？」

「妳今天沒帶便當？」

「怎麼可能。」我提起掛在桌邊的便當袋，舉在他面前晃啊晃。

「那我們去吃飯吧。」

我想了想，回頭瞥了許蓓菁的座位一眼，不知道她人跑到哪裡去了。

「走吧。」我站起來。

他眉毛一挑，「眞難得，居然會答應我。」

「奇怪了，到底是吃還是不吃？」

「當然吃。」他笑了起來。

走出教室時，許蓓菁正巧從廁所出來。她看見我和康以玄走在一起，立刻瞪大眼睛，衝過來抓住我的手臂，對康以玄扯出一個假仙的笑容後，把我拉到一邊。

「幹麼啦？」我眉頭輕皺，康以玄站在走廊邊等我，面無表情。

許蓓菁示意我小聲一點，她偷覷康以玄一眼，附在我耳邊低聲說：「妳怎麼又跟他走在一起？他很可怕耶！」

我轉頭看看正仰望著天空的康以玄，再回頭看向許蓓菁，搖頭說：「如果常蹺課、偷抽菸就是壞學生的話，那康以玄可能真的很壞很壞。」

「不是啦，無風不起浪嘛，他名聲那麼不好……」

我擺擺手，表示不想再聽她講那些有的沒的，隨即朝康以玄走去。

「怎樣？」他好奇地問。

我瞇起眼睛反問：「你猜怎樣？」

「大概又是說我風評不好之類的吧。」

「你在意嗎？」

康以玄一攤手，見他一派輕鬆，我勾起嘴角：「我也不在意，那走吧。」

我們並肩走下樓梯，經過合作社的時候，巧遇尚閎和沈品睿，他們身邊圍著一群和他們同班的女孩，我知道其中幾個對尚閎有好感，另外幾個則是喜歡沈品睿這屁孩。

尚閎一發現我便走過來，用審視的目光打量康以玄。

「妳手上拿著便當……」他說，「是要和他一起吃嗎？」

我捕捉到他眼神中的在意，忍不住想再次惡作劇，所以我故意拉起康以玄的手腕前後搖晃，笑嘻嘻地說：「對呀，我們要一起吃便當。」

「但……」尚閎沉默了一會兒，轉而問康以玄：「你不會帶壞之杏吧？」

這句話讓康以玄瞪大眼睛，「我？怎麼可能。」

「欸，不要對我的朋友失禮。」我輕揍了尚閎的肚子一下。

「之杏，不對，姊，妳這樣打尚閎，會讓他吃不下午餐的。」沈品睿過來湊熱鬧，而那群女孩不約而同站得遠遠的，不打算靠過來。

她們知道我是尚閎的姊姊，也知道我討厭對尚閎有好感的女生。看著她們躲在尚閎和沈品睿後面的模樣，我就覺得生氣；看著她們用隱含愛意的目光凝望尚閎，我就覺得火大。

我伸手拉住尚閎的衣角，刻意提高音量說：「雖然我們是姊弟，但你最愛的還是我，對吧？」

聞言，沈品睿先是大笑，嘴巴一張，似乎就要說出什麼討人厭的話，我立刻朝他射去一記眼刀，要他閉嘴。

尚閎愣了愣，隨即露出溫柔的微笑，「我當然很愛妳。」

一句非常直白、毫無修飾的話語。

十七歲的少年多半是彆扭的，誰會當著眾人面前表明自己的愛意？

面對如此坦然的尚閎，我的心裡升起難以言說的怒氣，還有悲哀。

我鬆開捉住他衣角的手，拉起康以玄的手朝中庭方向快步走去，臨走前，我聽見那群女生在背後嘰嘰喳喳，聒噪個沒完。

「孟尚閎，你跟你姊長得一點也不像耶。」

「因爲我們是異卵雙胞胎啊。」他溫柔的回答傳入我耳中，卻刺痛了我的心。

「我知道龍鳳胎一定是異卵雙胞胎，可是再怎樣也會有幾分相像吧？」某個女生說。

「就算長得再不像，也不會改變我們是姊弟的事實啊。」尚閎又說。

我捏緊了手裡的便當盒，煩躁在心底翻湧，不知不覺已經來到樹下的石椅邊，我喘著氣，無法順暢呼吸。

「妳要握著我的手腕到什麼時候？」康以玄忽然開口，我才發現自己還緊抓著他。

「抱歉。」我縮手，逕自在石椅上坐下。

「妳這樣好嗎？」他站在我面前，手插口袋。

「哪裡不好？」

「有眼睛的人都看得出來，妳這種表現已經不是『戀弟情結』四個字可以帶過的了。」康以玄說得輕鬆，然而這幾句話沉重如鐵，重重擊在我心上。

爲了轉移話題，我問他：「你的便當呢？」

「我本來打算去合作社買，但妳把我拉走了。」他聳聳肩。

「你剛才爲什麼不講？」我有些生氣。

「妳拉著我就跑，我沒有機會說。」

「那就是你的問題了！」我哼了一聲。

「妳剛才那個樣子……」

「不對嗎？」我先發制人。

「在我眼中看來沒什麼不對。」

「那在別人眼中呢？」我問。

康以玄對上我的目光，悠悠地說了句：「不對。」

我失笑，「爲什麼？」

「因爲妳是眞的喜歡他不是嗎？」

「喜歡自己的弟弟嗎……」我低頭注視著便當，掀開盒蓋，並拍拍身旁的位置，示意他一起坐下。

「要吃嗎？」

康以玄沒多猶豫，在我旁邊坐下，跟著端詳起我的便當菜色。

「當然。」他接過我遞給他的筷子，自然地夾起食物享用。

「如果你不知道事情的眞相，你也會這麼猜測嗎？」

「我會，因爲妳表現得很明顯。」他吃得津津有味，忍不住讚歎：「妳的便當也太好吃了吧。」

「我媽的手藝很棒吧。」我又繞回原本的話題，「爲什麼就算你不知道眞相，也會這麼猜測？」

這個問題顯然讓他覺得莫名其妙，他不解地問：「喜歡上一個人，應該很容易被旁人看出來吧？」

「我不知道，但我覺得我把自己的心意隱藏得很好。」

康以玄一臉「妳開心就好」的表情。

這傢伙好像總是可以理所當然地接受任何事，連我喜歡上自己的弟弟，他也可以毫不訝異地接受。

在遇見他以前，我從沒想過要將這份心情告訴別人，它是個祕密，深埋在我心中。

其實我原本以爲，即使和康以玄同班，我也不會和他這樣的人太過親近。

並不是因爲他的風評不好，而是我不太擅長和異性相處，加上康以玄是個話不多的面癱男，如果他不主動開口，很難猜測他心裡在想什麼。

我以爲像他這樣的人，個性多半很孤傲，甚至會暗暗瞧不起其他人，不過和他熟識以後，我才發現當他木著一張臉不發一語時，其實只是在發呆或放空，並非不屑與別人互動。

至於我爲什麼會認識康以玄，過程倒是相當離奇。

高一下學期的某天，我突然覺得身體很不舒服，所以到保健室休息。在床上躺了二十分鐘後，我猛然想起這堂歷史課會講解到我感興趣的部分，於是趕緊從床上坐起，向保健阿姨說我要回教室上課。

走出保健室，我正要轉往三樓，卻在專任教室附近嗅到一股菸味，忍不住下意識皺起眉頭。

學校雖然有設置只供老師使用的吸菸區，可是這裡離吸菸區有段距離，怎麼會有菸味飄來？

放輕腳步，我走進專科教室，循著菸味往後方的走廊看去，見到一個男生蹲坐在地上。

這個時間躲在這種地方抽菸，明顯是違反校規，我馬上打定主意待會就上樓報告老師，也就是告狀。

但如果在我把老師找來之前，對方便抽完菸離開了，那不就抓不到現行犯了？。

所以，我決定先用手機偷偷拍張照片當證據，讓對方不能抵賴。

不過我笨就笨在手機沒調成靜音，按下快門的同時發出了聲響，那男生抬頭望過來，我來不及避開，就這樣和他對上眼。

奇怪的是，當下我並不覺得害怕，也沒有想要轉身逃開，那個男生捻熄了菸，把菸蒂包在衛生紙裡，收進口袋。

「妳拍照是要去告狀嗎？」他站起來瞅著我。

「對，不能在學校抽菸，在外面也不行，法律規定未滿十八歲不得抽菸。」我挺直腰桿。

「隨便妳吧。」沒想到他毫不在意，轉身往另一個方向離開了。

這下子，我反而不知道該拿手機裡的照片怎麼辦。

想了想，最後我什麼也沒做，直接回到教室上課，但也沒把那張照片從手機裡刪掉。

幾天後的朝會，我再次看見那個男生。

他因爲遲到而在司令臺旁罰站，訓導主任好幾次走過去「關心」他。

我順口問了旁邊的女生他是誰，她瞥了我一眼，只冷冷回了句：「不要講話。」

我這才發現我誰不問，偏偏選中班上最遵守規矩的眼鏡妹袁巧霓，她看向我的目光帶著怒意，好像在朝會時講話是多麼該死的過錯一樣。

反正我不在乎，就讓她瞪吧。

從我的位置可以看見尙閎，他和沈品睿嘻嘻哈哈的，不知道在聊什麼，而站在尙閎另一邊的是個女孩，她對他倆說了幾句話，似乎要求他們安靜下來。

光是目睹這樣的畫面，就足以讓我心生不快，我知道那個女孩喜歡尙閎，卻無權干涉。

「最近有同學舉報，有人在專科教室那裡抽菸。」講臺上的教官忽然冒出這句話，吸引了我的注意力。

「康以玄，是不是你？」教官的口吻顯得理所當然，視線直接朝司令臺邊那群遲到的學生隊伍掃去。

站在隊伍第一個的就是那個男生，他搖了搖頭。

「你確定？」教官語帶質疑。

那男生又點頭。

教官哼了一聲，再次警告大家不准在學校抽菸，又提醒了幾件注意事項，便宣布朝會結束。

我並沒有告狀，所以應該是有其他人聞到菸味，或者跟我一樣親眼目睹，才跑去跟教官報告。

但從教官剛才的反應來看，似乎並不確定抽菸者是誰，所以才當眾質問康以玄。雖然也可能眞的是康以玄，不過我覺得教官的處理方式不太妥當。

就在我低頭胡思亂想時，有個人忽然擋在我身前，我抬起頭，再次對上那張面癱臉。

「不是我說的。」我想也沒想就否認。

操場這麼大，沒想到康以玄竟然能在茫茫人群中迅速找到我。

或者應該說，沒想到他還記得我的長相。

「我不是為了那件事。」康以玄說。

我注意到其他學生從我們身邊經過時，都會特地繞過他，卻又忍不住偷偷打量他。

「那是為了什麼？」我倒覺得他沒什麼好怕的。

「妳……就是孟之杏？」

「你怎麼知道我的名字？」我蹙眉，不禁有些詫異。

他轉過頭，目光落向遠處，順著他的視線看去只望見校舍，我不明白他究竟在看些什麼，於是過頭盯著他的側臉。

「合唱團，妳是第一聲部是吧？」

「你怎麼知道？」

「當然是去問的，不然呢？」康以玄一副理所當然的樣子，「我常常聽到妳的歌聲。」

「你在哪裡聽到的？」

「在學校聽到的啊。」

「我是說，你是在學校的哪裡聽到我唱歌的？」

「在那裡。」他伸手朝某個方向指去，是我上次看見他抽菸的地方。

那地方和合唱團的練習教室隔了一層樓，想不到歌聲可以傳這麼遠，這樣是不是表示尚閎在教室裡也有可能聽到？

這可不行，我不要讓尙閎聽見我的歌聲，看來以後得唱得小聲一點。

「怎麼了？」

「沒什麼。」我邁開腳步就要離開，康以玄卻擋住我的去路。

「做什麼？」

「下次妳唱歌的時候，我可以去旁聽嗎？」

沒料到他會這麼問，我皺眉，「爲什麼？」

「我喜歡妳。」

「啊？」突如其來的告白令我不自覺驚呼出聲。

和康以玄站在一起說話本來就已經夠引人側目，我這聲驚叫更讓其他人明目張膽地看了過來。

「爲什麼喜歡我？」我略略壓低音量。

「我不是喜歡妳的人，是喜歡妳的聲音，妳唱歌很好聽。」

我翻了個白眼，講話講清楚一點好嗎？

而且他這樣一解釋，我莫名有點不悅，不過算了，要是他眞的喜歡我，感覺也挺麻煩的。

「要不要去合唱團旁聽隨便你，而且你應該去問社長可不可以，不是問我。」我擺擺手，繞過他往樓梯走上去。

許蓓菁站在樓梯口等我，慌張地問我是不是被康以玄威脅了。

「如果眞的怕我被他威脅，那妳還自己先開溜？」我剛剛清楚看到，當康以玄靠近我時，許蓓菁是第一個跑開的。

「唉唷，妳又不是不知道，我最怕那種不良少年了。」她滿臉歉意，我想起她說過，小時候她哥哥曾經走偏，家裡不時有不良少年進出，造成她不小的心理陰影。

「我只是隨口說說。」我回頭看了一眼依然佇立原地的康以玄，「他不像不良少年。」

「他哪會不像啊！都被教官罵了。」許蓓菁對於不良少年的定義非常廣。

之後，康以玄還眞的出現在合唱團的練習教室，有時他會待在走廊上，有時則是直接坐在最後一排座位。

不知道從什麼時候開始，康以玄來聽合唱團練習的時候，都會帶著一杯熱飲，而且就只帶給我一個人。

這是什麼情況？我對此感到莫名其妙，不過也沒有多問，任由康以玄在我身邊頻繁出沒。

我並不討厭他。

✦

某個週末午後，我待在客廳看電視，尙閎不發一語地走到我旁邊坐下，我忍不住感到欣喜，我們已經很久沒有單獨坐在一起看電視了。

「之杏，妳最近……是不是和康以玄走得很近？」

沒想到尙閎會這樣問我，我十分驚喜。壓抑住內心的激動，努力維持面無表情，我拿起遙控器胡亂轉臺：「怎麼了嗎？」

「他的風評不是太好，我覺得……」

雖然尙閎的關心讓我很高興，可是他的看法居然和許蓓菁一樣，這讓我不太開心。

「風評不好？是怎樣的風評不好？」我的聲音冷了下來。

「就……」

「抽菸？遲到？蹺課？還是成績不好？」

「我不是要跟妳吵架，但那個男生……我不想要妳受傷。」

「受傷？爲什麼會受傷？難道他會打我？」我扯扯唇角，笑了下。

「之杏，我很認眞，我不希望自己的姊姊談一場辛苦的戀愛。」

我憤憤地關掉電視，把遙控器丟在沙發上，站起來對尙閎說：「你別管我跟誰交朋友，也不要隨便聽信謠言，康以玄是個好人。」

說完，我直接走回房間，故意用力關上門。

我並不是眞的想幫康以玄說話，而是因爲尙閎那句「辛苦的戀愛」讓我覺得非常刺耳。

我知道他很愛我，但他的關懷讓我再次體認到，他眞的只把我當姊姊看待，那只是手足之愛。

這是該開心的事情不是嗎？尙閎這樣愛我，這樣爲我擔憂。

可是……我早就在談一場辛苦的戀愛了啊！我的心每天都備受煎熬，這些苦楚又能對誰訴說？

我像身陷一座巨大的牢籠，心底一片荒涼。

所有的祕密，都只能自己呑下。

✦

「妳今天心情不好？」康以玄把熱飲放在我腳邊。

我們坐在走廊底端，現在是團練的中場休息時間。

「沒有啊。」我拿起熱飲不假思索喝了一大口，舌頭立刻被燙到。

「妳的聲音很混濁。」他拿出面紙遞給我，表情看起來不是很滿意，「我是來聽妳唱歌的，所以請妳好好唱。」

「幹麼?現在是歌唱比賽?你擅自跑來旁聽，還要我滿足你的期望啊?不好聽不會不要聽嗎?」而且就是因爲他害我跟尚閎吵架，沒揍他就不錯了，這傢伙還敢嫌棄我狀態不佳。

「就算只有一個觀眾，妳也要爲他而唱啊。」

「我沒有那麼偉大，而且你還是個不請自來的觀眾!」

康以玄只是靜靜瞅著我，我撇過頭。

其實我也知道剛剛說的話太過分了，可我不想向他道歉，本來就是他自己莫名其妙貼過來的，我甚至連他是哪一班都不知道。

「所以孟之杏，妳到底怎麼了?」他沒生氣，還耐心地繼續追問。

「不關你的事。」

「所以才能跟我說，不是嗎?」

「爲什麼要跟你說?」

「因爲我不想聽妳那難聽的聲音。」他毫不客氣地回敬。

我轉頭想罵他，卻對上他稱得上是誠摯的目光。

他純粹是想問我怎麼了，我的心情不佳反映在歌聲裡，而那樣的歌聲也影響了他。

只是短暫的目光交流，我卻能讀到這些訊息。

頓時，我好想說出來，想對他說出那隱瞞許久的祕密。

我永遠不會忘記，在眼淚不自覺掉下來的那一瞬間，我說出了那個幾乎壓垮我的祕密。

「我喜歡我的弟弟，我喜歡孟尚闊。」

我喜歡那個，與我沒有血緣關係的弟弟。

第二章

尚閎來到我們家那年，我十歲，夕旖十二歲，千裔十四歲。

即使我們都還算是孩子，也能察覺到當時家裡的狀況有異。

「爸媽今天說了幾句話？」千裔一邊整理書包一邊問。

「不多不少，十句。」夕旖歪著頭思考，「這是多還少？」

「好像算多吧。」我說。

「不過如果以一般的夫妻當標準，算很少吧？」坐在書桌前的夕旖單手托腮，側過頭問。

「應該是超級少吧，我們班的女生都抱怨她們的爸媽吵死了。」我坐到千裔身邊，「爸媽是不是感情不好？」

千裔微笑，摸了摸我的頭：「不是不好，應該是沒有感情吧。」

夕旖從椅子跳下來，伸手往我和千裔的肩膀上一拍：「我知道這叫什麼，我在電視上看過，這就是沒有愛情的婚姻。」

「夕旖，妳不要亂看一些有的沒的。」千裔皺起眉頭。

「妳還不是在看一些奇怪的漫畫，我都知道喔！」夕旖賊賊地笑著。

「沒有愛情的婚姻？可是兩個人之間不是要先有愛情，才會結婚嗎？」我咬著下唇，無法理解這件事。

「我上網查過了，發現這樣的情況還不少呢，看樣子漫畫都是騙人的。」夕旖走向書桌拿起平板，又回到我們身邊，秀出她查詢到的相關結果。

我們三姊妹擠在小小的螢幕前，瀏覽著網頁裡的心情分享文章，有些人爲此痛不欲生，有些人選擇離婚，有些人則各自有了外遇。

心情沉重地關掉網頁，我們三個陷入沉默。

「往最壞的方向想，就是有一天他們會分開。」我輕聲說，「但我不知道該選擇跟著誰生活，爸媽對我都很好。」

「是啊，就算他們兩個每天跟對方說的話不超過十句，還是會主動關心我，也會和我聊天。」夕旖把平板丟到床上。

「是啊，他們很愛我們，只是可能不愛彼此。」千裔把書包放回椅子上，扭頭說：「妳們快點回自己的房間睡覺啦，太晚了。」

「好啦！」夕旖笑嘻嘻地拿起床上的平板，蹦蹦跳跳地離開千裔的房間。

「之杏，妳怎麼了？」千裔見我沒有起身，語調輕柔地問。

「沒有愛，怎麼有辦法生活在一起？」當時的我年紀還太小，對於這點一直無法認同。

「也許是因爲有比愛更重要的事，才會讓他們做出這樣的選擇吧。」千裔聳聳肩。

對於這個複雜的問題，年紀只比我大四歲的她，又怎能給予我解答？

千裔又補了一句：「也許等我們長大以後，等到我們也變成大人的那一天，就能理解了吧。」

「難道不能直接去問爸媽嗎？」

「不能！孟之杏，有些事情妳即使看在眼裡，也不能問出口。」千裔嚴肅地囑咐我，「妳只要記得爸媽沒有虧待我們，再想想我們不愁吃穿的生活，以及我們所擁有的有形與無形的東西，就能明白，就算他們不愛彼此，卻仍深愛著我們。」

我吸吸鼻子，點了點頭。

回到房間後，我燈也沒開就直接躺上床，窗外路燈的光芒隱約照進來，窗簾偶爾因風的吹拂而飄動。

房門傳來輕微的叩叩聲，媽媽的聲音在門外響起：「之杏，睡了嗎？」

「還沒，媽媽。」我坐起身，順手打開床頭的小燈。

媽媽打開門探頭進來，身上穿著得體的套裝，妝髮完整。

不論何時見到媽媽，她總是能保持最完美的模樣。

「今天過得怎麼樣呢？」她來到床邊，伸手幫我拉平被子。

「很普通，就是和夕旖、千裔她們一起玩。」

望著媽媽溫柔的神情，我想不起從什麼時候開始，她每天都會問我們三姊妹一天過得如何。

雖然千裔說的那些話我還不能完全理解，但有一點她說的沒錯，爸媽確實很愛我們。

叨叨絮絮地和媽媽說完今天發生的大小事後，我有些睏了，揉揉發酸的眼睛，躺到床上。媽媽幫我蓋好被子，摸了摸我的臉頰，卻沒有走開，看起來好像還有什麼話想說。

「怎麼了？」我打了個哈欠。

「妳已經十歲了，夠大了，對不對？」

「嗯。」

「媽媽不希望妳明天才知道這件事，所以想先告訴妳。」她輕撫我的頭髮，「剛才也已經告訴夕旖和千裔了。」

「什麼事？」我內心忽然隱隱有些不安。

「爸爸他……我們家，需要一個男孩子。」

「爸爸不就是男孩子嗎？」

媽媽搖頭，「我們需要一個弟弟。」

我頓時睡意全消，瞪大了眼睛，「所以，我們要有弟弟了嗎？」

「沒錯，但……」

「哇！太棒了，我要當姊姊了！」我開心地從床上跳起來抱住媽媽。

誰說爸媽感情不好？他們可能只是不善於表達，才會看起來關係疏離，證據就是我就要有一個弟弟了！

媽媽沒有再多說，只是抱抱我，輕拍我的肩膀，要我快點躺好睡覺。

夜裡，我做了個美夢，夢見我和一個小嬰兒在房間裡玩耍，等他年紀再大一點，就會喊我姊姊。

隔天一早，我迫不及待和夕旖還有千裔討論這件事，還開心地在客廳裡哼著歌轉圈。

「爸媽他們去哪裡了？怎麼沒看到他們？」我疑惑地問。

週末的時候，爸媽就算再忙，也至少會有一個人在家陪伴我們。

夕旖和千裔互望一眼，不約而同嘆了口氣，夕旖撇了撇嘴：「我就知道之杏聽不懂。」

「算了啦，夕旖，之杏還小。」

「我年紀也不大呀，我就聽得懂。」夕旖睇眼看我。

「怎麼了？我怎麼聽不懂妳們在說什麼？」我有些茫然地眨眨眼。

千裔搖頭，「媽媽是說要一個弟弟，而不是說有了弟弟，之杏，他們……」

倒向一旁的大型懶骨頭。

「爸媽沒有感情不好，媽媽懷孕了，我們就要有弟弟了！」我開心地舉高雙手。

「白痴！」夕旖衝過來拍了下我的後腦勺。

「幹麼打我！」我嚇了一跳，也不甘示弱回了她一拳。

「不要打了啦！」千裔連忙上前，硬是把我和夕旖分開，夕旖跌坐在沙發上，而我倒向一旁的大型懶骨頭。

「是夕旖不對！她先打我的！」我掙扎著站起來，氣呼呼地用手指著夕旖。

「我看妳這副什麼都不懂的樣子就有氣！」夕旖也站在沙發上對著我罵。

「不要吵了！」千裔大吼一聲，我和夕旖立刻閉上嘴。

「夕旖，妳是姊姊，不能好好講嗎？」罵完夕旖，千裔轉過頭來，凝重地看著我，「之杏，我說的話妳聽好，爸媽需要一個兒子向爺爺奶奶交代，但他們不想再生小孩了，他們已經厭惡彼此到不肯傳宗接代了，妳懂嗎？」

我的腦袋空白了好幾秒，聽不懂千裔話裡的意思。

「算了啦，就讓之杏活在那個美好世界裡吧！」夕旖從沙發上跳下來，彎腰拿起桌上的遙控器。

「什麼意思？這樣弟弟要從哪裡來？」我抓著千裔的手臂問，她只是輕輕搖頭。

這時，玄關處一陣騷動，爸媽說話的聲音隱約傳來，我馬上往玄關的方向跑去，千裔和夕旖也快步跟在後面。

我邊跑邊覺得心驚膽跳，有種期待又不安的奇怪感覺。

「爸！媽！」見到他們正在脫鞋，我高高懸起的心瞬間放下，正覺得鬆了口氣時……

「跟她們打聲招呼吧。」媽媽的手往身後伸去，拉過一個白白胖胖的男孩。

那個男孩比我矮一些，身軀微微顫抖，充滿不安的目光來回看著我、千裔和夕旖，最後他垂下頭，低聲說：「姊……姊姊好……」

夕旖和千裔發出一聲非常非常輕的嘆息，兩人分別走到我的左右兩側。

千裔臉上揚起微笑：「我叫孟千裔，是大姊，今年十四歲。」

夕旖聳聳肩：「我是孟夕旖，十二歲。」

接著，她們一起用手肘頂了頂我，我卻傻愣著不知該怎麼反應。

「我、我叫阿太，不……不是，從今天開始我叫做孟尚閎……」胖男孩一臉驚恐，畏畏縮縮地抬頭看向爸媽。

媽媽回以一個溫柔的微笑，手沒有離開他的肩膀。

「尚閎是我們從大地育幼院帶回來的，從今天開始，你們就是姊弟了，我希望你們能好好相處。」爸爸對我們說。

「弟弟？就是他？」我唯一能擠出的話就是這句。

媽媽對我點頭微笑，領著胖男孩走進客廳，爸爸則摸摸我的頭，蹲下身對我說：

「之杏，妳年紀最小，尚閎跟妳同年。我不會要求妳們對外要怎麼介紹他，但要和他好好相處，既然我們把他帶回來了，從今天起，他就是我們的家人。」

「我知道，爸爸，不用擔心。」夕旖笑著露出一口白牙。

「是啊，我們很高興有個弟弟可以使喚。」千裔也笑了，同時伸臂勾住我的脖子，「之杏一定也明白。」

「那就好。」爸爸分別給我們三人一個擁抱，然後走進客廳和那個胖男孩說話。

我僵立在原地，目光追著爸爸和那個胖男孩。

千裔輕輕拉著我的手：「至少不是帶外遇生下的小孩回來，而是育幼院的孩子。」

「老實說，我原本還以爲會是爸外遇生下的小孩。」夕旖說完還噗哧了一聲。

「妳們怎麼可以這麼冷靜？一個根本不認識的人突然要變成我們的家人耶！」

「小聲一點，媽媽昨天不是就先跟我們說過了？」千裔眼明手快地摀住我的嘴。

「是啊，之杏，不要像小孩子一樣。」夕旖滿不在乎地翻了個白眼。

她們兩個隨即也往客廳走去，主動和那個胖男孩搭話。

爲什麼她們可以這麼快接受這種事？爲什麼這個從來沒有見過面的人要變成我弟弟？

我絕對不會接受！

孟尚閎這個胖子的房間就在我房間隔壁，房內空間和我們三個的差不多大，一樣擺著一張雙人床。他帶過來的行李僅有一只小小的皮箱，裡頭甚至沒裝滿，私人物品非常少，顯得房間空蕩蕩的。

「我們帶尙閎一起出去買東西吧。」媽媽提議，爸爸也點頭。

「耶！太好了！」夕旖又叫又跳，「那我想買新的玩具！」

「我想要買新出版的系列小說。」千裔也說。

「那之杏呢，妳想要什麼？」爸爸問我。

「我想要弟弟。」

他們互相交換了眼神，夕旖指著胖男孩說：「我們有弟弟啦，就是尙閎。」

「那不是……」我咬著嘴唇悶悶地說。

「就算他跟妳同年，妳也可以當姊姊啊，還是妳想當妹妹，讓尙閎當哥哥？」千裔搭上我的肩膀，打斷我沒說完的話。

「不然用出生日期來判斷你們該當姊弟還是兄妹吧！尙閎，你生日是什麼時候？」夕旖又接話。

胖男孩只是低下頭，用手捏著衣角：「我不知道自己的生日是哪天。」

在場所有人同時安靜下來，媽媽抱著胖男孩溫聲說：「沒關係，這一點都不重要。」

「你的生日就讓我來幫你決定，好嗎？」爸爸開口，胖男孩點頭答應。

爸爸爲他決定的生日比我還要晚，所以他現在「名符其實」是弟弟，但我就是覺得不太高興。

「還是說你想當哥哥呢？」媽媽對他露出親切的笑顏，摟著他的手臂絲毫沒有放鬆。

胖男孩一聽，靦腆一笑：「我、我當弟弟就好。」

「這才……」我正想說話，腰際卻突然被捏了一下。

千裔附在我耳邊低語，語氣嚴肅：「妳想破壞這難得的和諧嗎？爸媽有多久沒有一起帶我們出門了？」

我愣了一下，看著眼前「幸福美滿」的家庭。

媽媽抱著「弟弟」，爸爸站在一旁微笑，三個女兒圍繞在他們身側。

然而，我卻覺得很難過。

我難過的是，這份和諧不是我們三姊妹帶來的；我難過的是，父母之間的感情不是因爲我們而變好，而是因爲一個外來者，那個突然冒出來的「弟弟」。

我垂下頭，不發一語。

夕旖過來拉起我的手：「我們回房間拿外套。」

我任由兩個姊姊牽著走回房間，她們先各自回房拿了外套，又一同來到我房間催促我快一點。

「我不要去了。」我悶聲說。

「不要任性！孟之杏！」夕旖面色不悅。

「是啊，妳在鬧什麼彆扭？」千裔打開我的衣櫃，隨便撈出一件外套。

「爲什麼？這個家已經有我們三個了，爲什麼爸媽還要再帶另一個孩子回來？我們都長大了，怎麼有辦法輕易接受別人來當我們的家人？而且那個男生跟我們還沒有任何血緣關係！」怒氣終於控制不住地爆發出來，我沒有刻意壓低音量，不過也沒大聲到讓待在客廳的爸媽聽見。

「難道妳覺得爸媽帶回一個跟我們有血緣關係的孩子更好嗎？」夕旖嘖了聲，「我可愛的妹妹呀，不要那麼天眞好嗎？」

「都不要吵了。夕旖，妳也是，不要跟之杏說這麼過分的話。」千裔瞪了她一眼。

「哪有過分，她那麼受寵，還不知足。」夕旖不以爲然地挑眉。

「妳明明知道爸媽對我們三個都一樣好。」千裔搖頭，「之杏，妳如果不去，那我跟爸媽說妳身體不舒服，送妳去爺爺奶奶家好嗎？」

「我不要！爲什麼是我要離開？該走的應該是那個胖男孩！」

「他已經是妳的弟弟了，妳再吵也無法改變事實！」夕旖氣得轉身離開，一打開房門，胖男孩居然就站在門外。

「啊！」千裔嚇了一跳，夕旖回頭望向我們，一臉不知所措。

「呃……爸媽要我來跟妳們說，時間差不多了，該出門了。」胖男孩抬起原本低垂的頭，擠出一個微笑。

我看得出來他很難過，他聽到我說的話了，卻仍努力撐起笑容。

然而，正在氣頭上的我還直接走到他面前，語帶挑釁地問：「爸媽是你能叫的嗎？」

「孟之杏！」千裔立刻上前一把將我扯走。

「那個……我今天不太舒服，還是不去了，姊姊妳們去吧。」胖男孩抽動嘴角，說完馬上要轉身，夕旖眼明手快地拉住他。

「不要叫我們姊姊。」她說。

「夕旖！怎麼連妳都……」千裔明顯慌了手腳。

「我們都直接稱呼彼此的名字，所以你叫我們千裔、夕旖、之杏就可以了。」夕旖語帶安慰地輕拍胖男孩的肩膀，「不要理之杏，我們一起出去買東西吧！」

她拉著胖男孩往外走，千裔回過頭睨我一眼：「妳到底要不要去？」

我咬著下唇，不耐煩地抓起椅子上的外套，千裔鬆了口氣似地微微一笑。

「眞像《仙杜瑞拉》的故事情節，只是尙閎是個男生。」千裔隨口說出的話讓我一愣。

我曾經想過，如果我是仙杜瑞拉的姊姊，一定會好好疼惜這個沒有血緣關係的妹妹，但我對待這個胖男孩的態度卻如此差勁。

可是情況不一樣呀，根本不能拿來相提並論。我無法否認，總的來說，我眞的是壞心的姊姊，因爲我一點也不想接受他。

來到百貨公司，爸媽買了很多東西給我們，胖男孩一開始什麼也不敢要，夕旖倒是很不客氣，想買什麼就直接開口。

爸媽對待我們向來公平，不管買東西給誰，其他人一定也有份。

由於家裡一直以來只有女孩，所以爸媽顯然不太了解十歲的男孩會喜歡什麼，胖男孩也直搖頭說自己不需要添購任何物品，這樣的態度或許該說是小心翼翼吧。

後來，夕旖拿起一盒玩具對他說：「如果你什麼都不要，那就買芭比娃娃的男朋友肯尼，以後陪我們一起玩吧。」

夕旖原本只是開玩笑，沒想到他點頭答應了，我們三姊妹都有些詫異。

不過這麼一來，下次玩芭比娃娃時就多了一個男生角色，好像也不錯。

在百貨公司的玩具部裡，還是孩子的我很快就被琳瑯滿目的玩具吸引住，滿腔的氣憤與不滿早就被拋到九霄雲外去了。

我四處胡亂逛著，一輛可愛的粉紅色腳踏車令我停下腳步，我愛不釋手地東摸摸西看看，轉身正想叫媽媽買給我，赫然發現放眼望去不見家人的蹤跡。

糟糕，出門前爸媽才叮嚀我們千萬不可以一個人亂跑，等一下又要挨罵了！

我開始在一排排貨架之間找尋，始終沒有瞥見熟悉的身影。

不安頓時籠罩全身，我的心跳越來越快。

我慌張地在貨架間來回奔跑，假日午後的商場人潮洶湧，每一張迎面而來的臉孔都那麼陌生。

就在我緊張得快哭出來的時候，忽然有人拉住我的手，扭頭一看，那個胖嘟嘟的男孩滿臉通紅，喘著大氣說：「妳跑去哪裡了？」

「你們才跑去哪裡了！」我氣得用力捏他的手，他手心裡都是汗，溼黏黏的，我嫌惡地脫口而出：「唉唷，好噁心！」

他臉色微微一變，但很快又換上笑容，「因為我很胖，所以很會流汗。」

我覺得有些罪惡感，同時卻又不禁生氣，「那你不會減肥喔？」

「喔……」他歪頭沉思，然後馬上對我露齒一笑，「我們一起回去找他們吧。」

「走啊！」我甩開他的手，他似乎毫不介意，臉上仍掛著笑容。

我跟在他矮胖的身軀後面，穿過好幾條通道後，才找到了爸媽。

「你們兩個跑哪去了？」媽媽細眉緊皺，而我差點哭出來。

千裔忽然插話：「他們剛剛在後面看腳踏車。」

「是嗎？」媽媽瞇起眼睛打量我們，不是很相信。

千裔輕輕捏了捏胖男孩的腰，他連忙迎向媽媽的目光，用力點頭。

夕旖則貼近我的耳邊，悄聲說：「又亂跑，幸好尙閎跑去找妳。」

「我又沒有求他。」我撇了撇嘴。

「妳眞的是！」夕旖氣得踩了我的腳一下。

對，我該謝謝這個胖男孩跑來找我，也該感謝他順著千裔的話替我掩飾，讓我免於被媽媽責罵。

但我就是不爽，他怎樣我都不爽。

可是……當他氣喘吁吁出現在我眼前時，我確實鬆了一口氣。

我彷彿仍能感覺到他掌心裡的黏膩，那是胖男孩在找尋我時所流下的汗水。

好吧，就當作是道謝，以後我會直接以他的名字稱呼他，不再叫他胖男孩。

✦

我問過千裔和夕旖，對外會不會坦誠相告孟尙閎的存在，她們兩個明明也才十四歲跟十二歲，卻不約而同用老氣橫秋的口吻回了句：「爲什麼要隱瞞？」

她們兩個看起來就像小大人似的，那模樣讓我心裡不太爽快。

「我已經跟朋友說了耶。」夕旖盯著漫畫月刊，頭也沒抬。

「我是沒特別提，但比較要好的幾個朋友都知道了。」千裔坐在書桌前寫作業。

而我抱著大枕頭，倒在千裔的床上，「那妳們是怎麼說的？」

「就說我有個弟弟呀。」夕旖的語氣很理所當然。

「難道大家不會覺得很奇怪嗎？為什麼妳會忽然蹦出個弟弟？」我繼續追問。

「白痴喔，又不是每個朋友都清楚我們家有哪些成員，我這樣隨口一說，大部分的人都以為我本來就有一個姊姊、一個妹妹跟一個弟弟啊。」夕旖絲毫不掩飾對我的鄙夷。

「至於比較要好的朋友，就可以告訴她們實話，不然她們可能會以為尚閎是外面女人生的小孩。」千裔說完以後，格格笑出聲，「但嚴格說起來，他確實是外面女人生的小孩沒錯。」

「也不知道是跟哪個男人生的。」夕旖跟著大笑。

「可是我和他同年，爸媽又要讓他和我念同一所小學，我要怎麼跟同學說？」為什麼這兩個人這麼不正經！

「妳到底在擔心什麼啊？傻瓜。」千裔轉過身來，滿臉不解地對我說：「妳也只有現在比較需要解釋，等妳和他升上國中，去到新環境、面對新朋友，就不需要解釋啦。」

我氣鼓鼓地抱緊枕頭，沒有接話。

她們兩個是在成熟什麼鬼？只有我這麼在意這一切嗎？

房門響起敲擊聲，媽媽站在門外說要吃晚飯了，我們三個齊聲應好。

千裔又說：「而且換個角度想，自從尙閎來我們家以後，爸媽一起待在家的時間變多了，也許他們是爲了照顧尙閎，讓他能早點融入這個家。不管原因是什麼，這個結果總是好的，不是嗎？」

「同意。」夕旖率先推開房門，往飯廳走去。

我跟在千裔身後，小聲問她：「所以，千裔，妳是爲了爸媽才接受尙閎嗎？」

「可以說是，也可以說不是。」千裔轉頭對我微笑，「也許我是個比妳想像中還要冷血的姊姊。」

「妳怎麼會冷血？」我不懂她爲什麼要這麼說。

千裔笑而不答，摸了摸我的頭。

走近餐桌，爸爸已經坐定，尙閎正在幫忙擺放餐具，而夕旖則將菜一一端上桌。

大家陸續坐下，各自拿起碗筷開動，只有尙閎一人東張西望，確定每個人都伸筷挾菜以後，才端起碗扒了口飯。看他那副畏畏縮縮，像是想巴結人的模樣，我心裡實在不爽。

「尙閎，多吃一些，我聽院長說你胃口一向很好，怎麼吃這麼少？」爸爸挾了一大塊肉放到他的碗中。

「還是說菜不合你胃口呢？你有沒有不吃的東西？」媽媽關心地問。

「我什麼東西都吃，媽媽煮的菜也都很好吃，可是我……覺得瘦一點比較好。」

這句話讓我頓時全身一僵，但也只是一瞬，我迅速恢復如常，繼續大口吃飯。

「小孩子減肥做什麼？吃飽最重要。」媽媽又幫他挾了一塊魚，「多吃一些。」

「謝謝。」尚閎默默把那塊魚肉吃掉。

呿，沒想到他眞的要減肥，我隨便說說而已。

吃飽以後，千裔說她要回房寫作業，而我跑去客廳看電視，夕旖也過來和我搶電視，尚閎則是跟在媽媽身後進了廚房，打算幫忙洗碗。

「不用了，你去客廳看電視，或是想去做其他事也可以。」媽媽輕捏他的臉頰。

「那我把碗盤端過來。」他隨即回到餐桌前，端起一疊碗盤，乖巧的姿態讓我越看越有氣。

「欸，不然玩遊戲好了。」夕旖提議。

「好啊。」

見我答應，夕旖馬上走向櫃子取出遊戲機和搖桿，我再次轉頭望向廚房，尚閎正站在媽媽身側，拿著乾淨的抹布擦拭碗盤上的水漬。

那肥胖的身軀忙進忙出，對著媽媽露出憨笑的模樣眞是討厭。裝什麼乖小孩啊！

在爸媽的安排下，尙閎轉到我的班上，因爲同樣姓孟，加上有人看到爸媽出現在導師室，所以當尙閎站在講臺上介紹完自己的名字後，班上同學便群起追問我和他是什麼關係。

我頓時想起爸媽以及千裔、夕旖和我說過的話。

他們讓我自行決定怎麼解釋。

我腦中一片混亂，尙閎又只會像個傻瓜一樣站在那裡發呆，面對大家鍥而不捨的逼問，他雖然顯得狼狽，卻始終閉緊嘴巴，悶不吭聲。

「他是我弟弟啦！」最後，我受不了了，拍了下桌子高聲大喊。

尙閎猛地瞪圓了眼睛朝我看來，嘴巴張得大大的，看起來更傻了。

「妳不是只有兩個姊姊嗎？」有個來過我家的女同學一臉不解。

「而且既然他是妳弟，年紀應該比妳小啊，怎麼會和我們同班？」另一個腦筋轉得比較快的男同學也問。

「大家先回座位，不要……」從老師有些尷尬的神色看來，她應該知情，所以她試圖想控制混亂的場面，可惜效果有限。

「他是我的雙胞胎弟弟啦！之前住在外婆家，最近才搬回來跟我們全家住在一起！」情急之下，我再次大喊。

「原來是這樣。」

「眞無聊。」

「還以爲有什麼八卦。」

得到答案之後，大家的好奇心瞬間消停，看來探聽八卦果眞是人類的天性。

我鬆了口氣看向臺上，尙閎圓胖的臉上浮現好大好大的笑容，他重複了一次我說的話：「對，我們是雙胞胎。」

沒人起疑心，事情就這樣意外解決，沒想到還滿容易的。

但我不太高興的是，我和尙閎長得一點都不像，爲什麼大家這麼輕易就接受我和他是雙胞胎的說法？

「你那麼胖！」

回家的路上，我忍不住動他說。

「妳眞的覺得我很胖嗎？」他有些慌張。

「你自己看！」我指向映在地上的影子，「我的影子這麼小，你的那麼大，你還說你不胖嗎？」

「那我是不是瘦一點比較好？」他低下頭，說話的聲音小了些，「比較、比較不會讓妳丟臉？」

齁，又是這種唯唯諾諾的死樣子，看了就生氣！

「不用！你幹麼要討好我？」

「這樣是討好嗎？」他歪著頭，眼裡流露出困惑。

「不是嗎？我說什麼你就做什麼，這樣不是討好是什麼？」

「但我們院長說過，如果是自己心甘情願的事情，那就去做，然後不要有怨言。」

「你眞的心甘情願嗎？心甘情願這四個字你懂不懂意思啊！」我停下腳步扭頭罵他，尙閎被我嚇了一跳。

「我、我是心甘情願的啊……」他抓緊書包的背帶，肉肉的手指有些泛白。

「是嗎？那你在來我們家以前最喜歡什麼？說呀！」

「我、我喜歡……」他倉皇地東張西望，目光心虛地飄移。

「說啊！」我用力跺腳。

「最喜歡吃……」

「所以你才會這麼胖！所以爲什麼要因爲我說你胖就不吃？這不是討好是什麼？」

「這不是……」尙閎亟欲解釋。

我上前一步，雙手叉腰，盛氣凌人地問：「哪裡不是？」

「我是心甘情願的！」

「你眞是講不聽！」我氣得伸出右手猛捏他的胖臉頰，「不要因爲我說了什麼就不吃東西，節食減肥最討厭了，要是爸媽知道你是因爲我才想減肥的話，他們一定會罵我，你想害我被罵嗎？」

「當然不想。」明明臉頰被捏著，他仍清楚說出這幾個字，「我想要妳開心。」

「可是我看你的樣子就有氣！」我的左手也朝他另一邊臉頰捏去，嗯，像肉包一樣軟乎乎的，觸感很不錯。「家人對待彼此才不會像你這樣小心翼翼的，你如果生氣了，大可以跟我吵架，不要硬是笑著說自己不在意！」

「我、我眞的沒有在意什麼事，也沒有小心翼翼啊……」他含糊地說。

「有！哪個小孩會主動幫忙做家事？哪個小孩在爸媽買玩具給你的時候會說不要？哪個弟弟會乖乖聽姊姊的話？」

尚閎被我問得傻住，瞪大了眼睛，不知道該怎麼回應。

「我在育幼院沒和人吵架過……我以爲兄弟姊妹之間的相處就是這樣。」

這副可憐的模樣看了就來氣，我再次用力捏他的臉，「那叫相敬如賓！」

「什麼意思？」

「你去仔細觀察，爸和媽那樣就是相敬如賓，一點也不像家人。」我振振有辭：「然後再看看我和夕旖、千裔的相處方式，你就能分辨出差異了。」

「是這樣嗎？」他抬起頭，眼睛熠熠發光，「妳這麼說的意思是，願意把我當成家人了？」

我鬆開捏著他雙頰的手，一把推開他，嘖了聲：「就算我不要也沒辦法。」

我可不笨，與其和他作對，讓千裔跟夕旖罵我，或是惹爸媽不高興，不如好好跟這個胖小子相處。

畢竟他曾在百貨公司裡到處找我，我可是很懂得報恩的，現在又和他同班，總不可能一直當陌生人。

好在胖小子很聽話，和他好好相處也不是不行。

我朝他瞥去一眼，他臉頰紅通通的，不知道是被我捏的，還是因爲他害羞了。

總之，他露出一個大大的笑容，胖嘟嘟的臉看起來有些可愛。

第三章

夕旖和千裔很快就接納了尚閎，對他很好。

不，應該說只有千裔對他很好。

千裔一向也很照顧我和夕旖，也許是因爲身爲長姊，她總是溫柔對待我們、包容我們的任性，卻也會在我和夕旖胡鬧的時候出言斥責。

而夕旖完全就是把尚閎當下人使喚，不過其實夕旖也很愛使喚我，所以說起來，她們對待尚閎的方式就跟對待我一樣，一視同仁。

我沒有過弟弟或妹妹，所以一開始不知道該如何對待尚閎。

但這倒沒有造成我什麼困擾，反正我就用自己想要的方式對待尚閎就好，他也都欣然接受。

在學校的時候，每逢中午用餐時間，我常會叫他幫我衝去合作社買飲料；輪到我當值日生時，我也會要他幫我擦黑板，偶爾我甚至會抄他的作業。

回到家裡，我的行爲又更惡形惡狀了，會搶他的食物，搶他的玩具，或故意不讓他看想看的電視節目。

「妳簡直是個小霸王。」千裔敲了我的頭一記，力道並不大。

「他如果不高興的話，可以跟我吵架啊。」我摸摸後腦，故意這麼說。

「我不會跟妳吵架的。」尙閎仍是那副滿臉笑容的模樣。

不管我怎麼做，他好像永遠都不會生氣。

升上國一後，尙閎的食量變得更大了，但卻沒有發胖，身形反倒瘦了一圈。下課時，他會跟著同學去球場打籃球，搞得滿身大汗才回來，我嫌棄他身上很臭，他卻憨笑著說：「哪有。」

那是他第一次反駁我說的話，我的內心湧起一種奇怪的情緒。

他沒順著我的話說，明明該是讓人生氣的事啊，可是我竟莫名覺得很想笑。

「就是有，臭死了！」

「我才沒有！」

我們兩個就這樣在教室裡你一言、我一語地鬥起嘴來，直到班上同學受不了，出聲抗議，我們才相視一笑，有默契地揭過不提。

回到座位上，我覺得胸口微熱，原來和尙閎鬥嘴這麼有趣。

「最近好像長高了不少？」盛好飯以後，媽媽以溫柔的目光上下打量著尙閎。

「媽，我也有長高啊，為什麼只注意尙閎？」夕旖故意抱怨。

最近多半只有媽媽、尙閎、夕旖和我四個人共進晚餐，就讀高二的千裔必須參加學校的晚自習，不會回家吃飯。

日子一久，爸媽的相處模式又恢復以往，兩人同時在家的機率少之又少。看在我們三個眼裡，其實並不覺得意外或失落，反正早就習慣了，只是不知道尙閎心裡是怎麼想的。

不過，他從小在育幼院長大，會知道一般家庭的父母都是怎麼相處的嗎？我沉思了一陣，想不出個所以然，索性不想了，反正我也不知道在一般的家庭裡，父母之間的互動該是怎樣。

「妳啊，念書不用念得那麼拚命，上次模擬考成績不是不錯嗎？」媽媽指了指夕旖的臉，「妳的黑眼圈很重。」

「最近都睡不好啊，明明很累，腦袋卻還是很清醒。」夕旖聳聳肩。

沒想到一向成績優異的她，也會被課業壓得喘不過氣來。

「妳有這麼纖細嗎？」我故意嗤笑一聲。

「閉嘴，胖子！」夕旖把她剛擦過嘴巴的衛生紙往我丟過來。

「髒死了！」我機靈地躲開，結果那團衛生紙不偏不倚砸在尙閎的臉上。

「夕旖！不要這樣，一點也沒有女孩子樣！」媽媽出聲喝止。

「啊，我不是故意的，尙閎，姊姊是個美人，所以那是美女的口水。」夕旖不正經地對尙閎說，然後站了起來，「我要回房念書了，晚點有宵夜吃嗎？」

「我晚一點也想吃宵夜！」我一邊大口吃著牛肉一邊說。

「妳喔，不要吃這麼多吧？」夕旖瞇起眼睛打量我，忽然伸手過來捏我的肚子，「妳這麼胖。」

「我哪有胖！我哪有！」我趕緊推開她。最近胖了兩公斤我很在意啊！

「是啊，妳是不是吃太多了？」

沒想到連媽媽都這麼說，她以前明明說多吃一點很好！

「倒是你，尚閎，怎麼變瘦了？」媽媽轉過臉望向尚閎。

「這……我沒有不吃東西喔，媽媽。」尚閎笑著答完，又伸筷挾起一大塊肉。

「對啊，尚閎正值成長期，不只個子抽高了，還瘦了不少，哪像之杏啊。」

「夕旖！妳想跟我吵架？我要詛咒妳考不上理想高中喔！」我氣得拍桌子。

「放心，不管妳怎麼詛咒，以我的能力還是可以考上想念的學校。」夕旖一副毫不在意的樣子。

「既然很有自信，爲什麼還要這麼認眞念書，讓自己壓力這麼大呢？」尚閎提問。

夕旖歪頭想了一下，露出可愛的微笑：「因爲我凡事都想要拿第一名。」

「可怕的人。」我冷哼了聲。

夕旖回房後，我也吃得差不多了，喝完最後一口湯，我站起來就想直接往客廳走去。

「之杏！我說過很多次了，吃完飯，碗筷要自己放到洗碗槽。」媽媽在我身後喊。

我嘿嘿笑了兩聲充當回應，快步走到客廳，在沙發上坐下。

「我來收就好了。」尚閎也站了起來，接著就聽見碗筷碰撞的清脆聲響起。

我回頭瞥了一眼他朝廚房走去的背影，不知不覺間，他的個子已經比我高出半個頭，也瘦了不少，和以前那個小胖子判若兩人。

爲什麼青春期的男生變化可以這麼大？我跟他同年，但我不僅沒長高，體重還多了兩公斤，皮膚也變得比從前差，偶爾還會冒出幾顆討人厭的青春痘。

爲什麼所有好的改變都只發生在尚閎身上？他的肌膚跟班上其他臭男生完全不同，反而像那些代言美妝產品的女明星，一張臉又白又細緻，是不是他偷偷在臉上抹了什麼保養品？

想到這裡，我再次小心地回頭偷瞄，尚閎和媽媽都還待在廚房裡洗碗。

自從尚閎來到我們家後，洗碗儼然已成爲他和媽媽兩人協力完成的家務，一人負責洗碗，一人負責擦乾碗裡殘留的水珠。

要是碰上媽媽不在家的時候，尚閎就得獨力完成洗碗的工作，沒人會幫他，就算爸爸在家也是如此。

哼，這個愛裝乖的傢伙！

總之，爲了確認心中的猜測，我決定偷偷潛入他的房間。

放輕腳步來到尙閎的房門前，小心翼翼左右張望，確定沒有人注意到我後，我迅速打開房門鑽了進去，再輕輕掩上門。

我很少進他的房間，雖然尙閎是我弟弟，但我們之間畢竟沒有血緣關係，他又和我同年，我總覺得任意進到他的房間有些奇怪。

不過千裔和夕旖倒是毫不在乎，總是隨隨便便就闖進他的房裡，任意來去，有時甚至連門也不敲，完全不把他當成年齡相近的異性看待，而只是一個無須考慮男女之防的「弟弟」。

到底是她們神經太大條，還是我想太多？

繞了一圈尙閎的房間，視線所及之處，根本沒看到什麼保養品的蹤影，所以他皮膚那麼好是天生麗質嗎？

書桌上放著一本攤開的作業簿，我隨手翻了幾頁，發現他居然已經寫完今天的功課了，於是趕緊掏出口袋裡的手機一頁頁拍下來，打算等會兒回到房間以後照著抄。

拍完照，我正想轉身離開，卻不小心撞落他放在椅子上的書包，裡頭的課本全掉了出來。我匆匆撿起想塞回書包，卻注意到書包內裡用立可白寫了一行字。

像尙閎這樣乖巧的學生也會像班上那些臭男生一樣用立可白塗鴉啊？不知道他寫了些什麼。

出於好奇，我仔細一看，映入眼簾的卻是三個熟悉的名字。

千裔、夕旖、之杏。

我愣了一會兒，才慌慌張張地收好課本，將書包放回原位。將門推開一個小縫，確定四下無人，我輕手輕腳地溜出去，回到自己的房間。

我背靠著房門發呆，腦中浮現剛才看見的那一幕，過了一陣子才想起該寫作業了，便坐到書桌前，從手機裡找出剛才偷拍的照片，依序把答案抄寫在作業簿上。

手上的筆未停，我的嘴角不由得泛起微笑。

不只千裔和夕旖接受了尚閎，尚閎也已經把我們當成他的姊姊，所以才會把我們的名字全寫在書包內側吧？

雖然我可能還是沒辦法把他當成眞正的弟弟，但他是我重要的家人之一，這點無庸置疑。

✦

自從發現尚閎會在晚餐前寫完作業後，我開始習慣趁他在廚房洗碗時，偷偷溜進他房間，用手機把他寫好的作業一頁頁拍下來，再回房間抄。不過，這樣一來，雖然不會再忘記寫作業，課業上不懂的問題卻越來越多，小考分數也不斷下滑。

而且因爲參加合唱團的緣故，每天早自習我都得去練唱，可是老師有時候會利用早自習的時間訂正考卷，我因此沒能參與，導致原先還算不錯的成績逐漸退步。

老師注意到我的異狀，覺得這樣下去不行，但當時合唱團的校外比賽日期將近，我們學校的合唱團向來頗有名氣，大家都對這次的比賽結果寄予厚望，所以除非情況到了非常嚴重的地步，老師也不想輕易讓我中斷練習。

即便如此，還是不能坐視我的課業變差，於是老師把這個重責大任交付給孟尚閎。

「老師說我的成績很好，雙胞胎姊姊的成績應該也會很好，所以要我教妳念書。」走在回家的路上，尚閎這麼對我說。

我們並肩而行，夕陽西下，影子在地上被拉得老長。

我不以爲然地哼了聲：「這是什麼邏輯啊？你成績好，又不代表全家都能成績好，老師這是從哪裡得來的結論？」

「老師說，我和妳每次交上去的作業都錯在同樣的地方，這表示我們很有默契，對課業的理解程度應該差不多。」尚閎臉上浮現意味深長的微笑。

我不由得一陣心驚，難道他發現我每天都會偷抄他的作業了？

「我不知道喔！」我連忙加快腳步，不想讓他瞧見我臉上微微一僵的神情。

「我又沒有說什麼。」他輕笑一聲，快步追上，「妳練唱這麼辛苦，壓力應該很大吧，如果能幫上妳一點忙，我也覺得很開心。」

「雖然小考成績退步，但起碼沒有不及格，老師未免太誇張了。」我有些不耐地擺擺手。

「也不能這麼說，妳每天晚上只要少看一個小時電視，這段時間讓我教妳功課，一定會有幫助的。」

「我考慮一下。」我撇過頭。

考慮一下得到的答案就是不要。

所以回家後，我一樣先坐在客廳裡看電視，尚閎三番兩次試圖說服我先寫功課，我一概置之不理，他拿我沒轍，最後只得先回房間。

我聽見關上門的聲響，他大概在乖乖寫作業吧。

到了晚餐時間，我洗完手，在餐桌旁坐下。

今晚媽媽不在家，由爸爸陪我們吃飯，豐盛美味的晚餐是請煮飯阿姨過來張羅的。一邊用餐，爸爸隨意問起我們今天在學校過得如何。

「還可以，只有念書比較麻煩。」夕旖聳聳肩，「爸，老師說想跟家長談談關於升學的事，你跟媽誰有空來學校？」

「這個嘛……」爸查看了一下手機內建的行事曆，「我和妳媽再討論看看吧。」

「嗯，下個禮拜前要給我答覆。」她點點頭，扒了一口飯。

「好。」爸爸又朝手機瞥了一眼，「我該離開了。」

「你還要出去？」我皺眉。

「嗯，我會通知媽媽早點回來。」說完，他站了起來，臨走前還拍拍尙閎的肩膀。

他拿起掛在衣帽架上的外套，頭也不回地打開大門走出去。

「爸在外面應該沒有女人吧？」夕旖一語道破這些年存在於我們心中的疑問。

「應該不會有啦……」我立刻反駁，但說得心虛。

尙閎卻用堅定的語氣說：「爸不會在外面有女人的。」

「你憑哪一點這樣認爲？」我有些不悅，比起尙閎，身爲親生女兒的我絕對更瞭解爸爸才是。

「我就是知道。」他毫不猶豫地說。

那信心滿滿的模樣，看得我沒來由生出一股怒氣。

「去洗碗啦！」我把碗筷用力往桌上一放，直接離開餐桌。

「在氣什麼啊？偶爾也要輪流洗碗吧。」插話的是夕旖，她的聲音莫名帶著笑意。

「夕旖，我來洗就好了，妳還要念書不是嗎？」尙閎說。

「嗯，就算不念書，我也不打算洗。」夕旖賊兮兮地笑。

夕旖走到客廳打開電視，尙閎則捧著待洗的碗筷走進廚房。

雖然我有些生尙閎的氣，不過該抄的作業還是要抄。我一如往常溜進尙閎的房間，他的作業也一如往常放在桌上，我正準備開啓手機的照相功能，卻赫然發現尙閎的作業簿居然一片空白。

我快速地前後翻了幾頁，還翻到封面查看，確認這眞的是尙閎的作業簿沒錯。

爲什麼他今天還沒寫作業？

雖然還沒想明白，但我知道不能在尙閎的房裡停留太久，他應該快洗完碗了，於是趕緊將作業簿放回原位，迅速溜回自己的房間。

難道尙閎發現我最近一直在抄他的作業？

還是他今天剛好想要先休息一下，所以打算吃完晚餐再寫？

不對呀，他明明一回家就關在房間裡，如果想休息，應該會出來跟我一起看電視，所以他一定是故意沒寫，他知道我偷抄他的作業了！

哼！沒關係，不過是作業而已，靠我自己也是可以的。

我拿出今天該寫的數學作業，攤開放在桌上，定睛一看……咦？爲什麼數學算式裡面會有英文？lim是什麼？下面又爲什麼有其他符號？

奇怪，我明明有上課啊，怎麼這些算式看起來這麼陌生？

算了，數學本來就很難，不會也是當然的。

叩叩——

敲門聲突然響起。

「誰！」我肩膀縮了縮，一把闔上作業簿。不對呀，我在緊張什麼？

「妳想寫作業了嗎？」尚閎的聲音從門外傳來。

「我正在寫了。」我絞著手指，嘴硬地說。

「哦？妳會寫嗎？」

我立刻會意過來，他果然早就發現我偷抄作業了，所以今天才故意不寫，就是想看看我有沒有辦法自己寫吧？

哪有這樣的！好好跟我講不就行了，爲什麼要使出這種小人招數？

我氣得走到門邊，猛力打開門，想直接揍他一拳，卻見他一手拿著作業，另一手端著一盤切好的水果。

「幹什麼？」不能揍他，不然打翻水果會引來螞蟻。

「我想說我們可以一起寫。」他笑得眞誠。

我瞇起眼睛，「你不是故意的？」

「故意什麼？」他的表情看起來很無辜。

「算了，沒事啦！」自知理虧，我要自己別跟他計較。轉身走回書桌前，我粗聲粗氣地說：「那就來寫吧。」

得到我的應允，尚閎才踏進我的房間，仔細想想，這好像是他來到我們家這些年來，第一次進到我房裡，頓時我有種奇怪的感覺。

「妳看過這次的作業範圍了嗎？」他把房裡的另一張椅子拉到書桌旁邊。

「稍微看了一下。」我在書桌上騰出位置，讓尙閎放他的作業簿。

「妳有哪裡不懂嗎？」他坐了下來，我們之間的距離很近很近。

「嗯，全都不懂吧。」我偷偷把自己的椅子往旁邊挪動一點。

「全部是指哪裡？」

「就這裡、這裡和這裡。」我快速翻過今天的作業。

「蛤？」尙閎沒看清楚，稍微往我湊近了些，「哪裡？」

「這裡啦！」我伸手隨便往本子上一指，隨即整個人往後退，「你靠過來幹麼？」

「我來不及看清楚妳指的是哪裡啊。」他有些無奈，「那我們一起寫吧。」

什麼一起寫？我就都不會啊！你直接寫完給我抄比較快！

可是這種話我說不出口。望著尙閎的側臉，我忽然覺得他跟記憶中長得不太一樣了，不只是身形抽高、變瘦那種外型上的轉變，而是整個人好像都不一樣了。

不知道爲什麼忽然有這樣的感覺……

「喂，你有整型嗎？」我抬起手肘撞了尙閎一下。

「啊？怎麼可能。」他茫然地摸了摸自己的臉，「我的臉看起來假假的嗎？」

「沒有。」我把作業簿往他的方向一推，「我全都不會。」

「那妳知道公式嗎？」

神。

「不知道。」雖然我平時上課還算專心，可是一遇到數學課就完全不行，老是會走

「這題是要求角度，所以……」他邊說邊靠過來，太近了太近了！我甚至能聞到他身上的味道，好噁心！

我當機立斷站了起來，把椅子往後一推，迅速拉開與尚閡之間的距離，反應之大，連我自己都覺得奇怪。

他當然也注意到不對勁，不解地仰頭看著我：「怎麼了？」

「我聞到你的味道，好噁。」我坦白地說。

「味道？很臭嗎？」他馬上抬起手嗅聞自己，那模樣既可笑又可愛。

不是臭，就是你的味道。

不過這句話我一樣說不出口。

「那我先去洗澡好了。」尚閡跟著站起來。

「快去吧。」我舉雙手贊成。

等他離開房間後，我才覺得好像可以鬆一口氣。

吃著他端進來的水果，我不禁思索爲何自己會有這麼詭異的反應。

就算我跟尚閡沒有血緣關係，但他是我的弟弟啊，我這種反應眞的很奇怪吧？

對班上其他男生我也不會這樣，在我眼中，他們不過就是一群臭男生罷了。

難道就是因爲尙閎是我弟弟，我才會有這種反應？

可是我又不是從小就有弟弟，怎麼會知道什麼才是和弟弟相處的正常方式啊！

不想了不想了！吃水果比較實際。

我用餘光瞄了一眼尙閎的作業簿，想看看有沒有已經寫完的部分，也許可以偷抄幾題，隨後又順手拿起他帶過來的課本翻了翻，書頁間卻掉出了一封信。

「這是什麼？」我拾起那只飄散出香味的淡粉色信封，收件人寫著「孟尙閎」，還用愛心貼紙封口。

不會吧，都什麼年代了，還有人寫情書？

我起身走到房門口，側耳聽見浴室傳來嘩啦啦的水聲，尙閎應該一時半刻還不會洗完澡出來。

關上房門，我回到書桌前拿起那封信，反正是寫給自己弟弟的情書，偷看一下應該沒關係吧。

果不其然，這是某個女生寫給尙閎的告白信，信裡除了敘述她是什麼時候喜歡上尙閎，還提到有多少人也喜歡他，然後不斷地強調尙閎有多帥、多溫柔，並希望可以收到他的回覆……

我不由得擰眉。

我怎麼不知道尙閎這麼受女生歡迎？同時也覺得很生氣，我知道寫信的女生是誰，她以前和我們念同一所小學，那時尙閎還是個小胖子，她還當眾嘲笑過他，怎麼現在尙閎瘦下來、個子長高，就喜歡上他了？有沒有這麼膚淺啊！

我把信揉成一團，直接扔進垃圾桶，反正尙閎不會答應和她交往，沒必要讓他看到這封信，造成他的困擾。

我瞭解尙閎，他向來溫柔體貼，如果他看了這封信，又得拒絕對方，這一定會讓他難過，我只是做了身爲姊姊該做的事。

「之杏，我洗好了。」房門再次傳來兩記敲擊聲，這回我沒有嚇到。

「那換我去洗，洗完再來寫功課。」我一邊大聲回話，一邊冷眼看著躺在垃圾桶裡的那封信。

任何想要接近尙閎的女孩子，都必須先過我這關才行。

✦

一個禮拜後的某個早晨，我和尙閎一同上學，在半路上遇見了寫情書給他的那個女孩。

「爲什麼都不給我回覆呢？」那個女孩直直朝我們走過來，對著尙閎說，「現在可以跟你說幾句話嗎？」

尚閎一臉莫名其妙。

沒料到她竟有勇氣直接找上門來，這讓我頓時慌了手腳，拉著尚閎就要掉頭走開。

「之杏，等一下。」尚閎反握住我的手腕，被他觸碰到的肌膚隱約有種灼熱感。

「幹什麼？快要遲到了耶。」我甩開他的手，「就算你是我弟弟，也不能害我遲到，快點走了啦！」

「妳在講什麼呀？」他似乎覺得我的說法很好笑，又回頭看了那女孩一眼，「她好像有話想跟我說，還是之杏妳先去學校？」

「不要，有話直接說啊。」我雙手叉腰，憑什麼我要先走？

尚閎拿我沒辦法，回頭對女孩說：「抱歉，我們可以到學校再說嗎？」

「我要在這邊說！」女孩瞪我一眼，「不過是姊姊而已，難道不能自己先走嗎？」

哇，是怎樣？爲什麼她氣燄這麼大啊！

如果她知道我故意丟掉她的信，對我擺出這種態度還情有可原，問題是她又不知道，而且我還是她喜歡的人的姊姊，用這種口氣對我說話對嗎？

我活動了下手腕，正準備要給她來點教訓，尚閎卻搶先一步擋在我前面，用清晰而堅定的聲音對那女孩說：「之杏是我最重要的人。」

我愣住了。

完完全全愣住了。

一時間，我說不出任何話，一股夾雜著苦澀的酸意湧上鼻間。

「我、我不是那個意思，我知道姊姊對你來說很重要，可是我……」女孩話還沒說完就開始哭。

向來待人溫柔的尙閎沒再理會她，逕自拉起我的手，朝學校方向邁開腳步。

我就這樣任由他拉著我一路前行，內心迴盪著他剛才說的話。

最重要的人。

怎麼辦？我覺得好感動，也好開心。

我的心騷動不已，這種情緒是什麼？爲什麼我會想哭……

「之杏，對不起。」他忽然停下步伐。

我趕緊止住臉上的笑容，盡量用冷淡的聲音回答：「什麼？」

「她不應該那樣說妳。」

「什麼意思？」

「妳對我來說很重要。」尙閎轉過頭，笑容十分誠懇，「妳是我的姊姊。」

瞬間，我覺得胸口像被一根尖針緩緩刺入，雖然不是非常疼痛，卻很不舒服。

「哼，有你這樣的弟弟眞麻煩。」我甩開他的手，朝前方跑去，「不等你了，我要自己先去學校。」

「等我一下啦，之杏。」他朝我喊，追在我身後。

我一回過頭就看見他朝我奔來，看見他的笑容，看見他眼中只有我。

我也回以笑容，在澄淨的藍色天空之下，他的身影清晰映入了我的心底。

不管內心那隱隱作痛的感覺是什麼，只要現在能和他這樣相處，我就很滿意了。

我以爲這件事永遠不會改變。

✦

那天之後，我開始刻意觀察尙閎，尤其是旁人眼中的他，那些之前我毫無所覺的事，現在我都看得一清二楚。

不知不覺間，尙閎已經長成了一個很受歡迎的男孩。

「妳現在才知道嗎？」說話的是國中和我同班的小輕，我們交情還不錯。她滿臉不可思議地對我大喊：「妳弟超帥的好嗎！」

「但尙閎和班上其他男生有什麼不一樣嗎？爲什麼他會那麼受女生歡迎？」

「妳喔！」小輕搖搖頭，目光落向坐在教室另一頭與朋友聊天的尙閎，「我知道身爲姊姊，多半都不會覺得自己的弟弟有什麼特別，不過妳仔細拿尙閎跟其他男生比較一下，差異很明顯啊，我不信這樣妳還看不出來。」

我的視線也跟著投向尙閎。

以身高來看，尙閎的確是個高個子，不過站在他旁邊的男生還比他高出半顆頭。

接著看成績，他成績很好，只是我們班班長成績比他更好。

如果是長相，他長得還算不錯，可是更帥的也有啊！

最後是聲音，嗯，他聲音是好聽，但明明也有更好聽的嘛！

「重點就是他同時集所有優點於一身，不僅個子高、成績好、聲音好聽，又長得帥啊！」小輕雙手握住我的肩膀，「看樣子妳完全不必擔心尙閎會交不到女朋友。」

「這麼誇張？」我還是半信半疑。

「才不誇張，我們學校唯一能跟他比的大概就只有六班的王子了。」

「六班有王子？哪一國？英國嗎？」說完，我自己忍不住笑了。

「白痴喔，六班那個叫王子漢啦，外號就是王子，但他也眞的很像王子……啊，妳看，才剛說，又有人要來找妳弟弟告白了。」小輕撇撇嘴，舉起手朝教室前門一指。

我扭頭看去，眞的有兩個陌生的女孩站在教室前門，而尙閎正朝她們走去。

個子較爲嬌小的那個女孩紅著臉，不知道跟尙閎說了些什麼，尙閎跟著她一起走出教室，而另一個女孩則滿臉興奮地跑開。

「這種事情很常發生嗎？」我有些茫然。

「很常啊，這位姊姊，妳平常都沒在注意弟弟喔。」小輕搖頭。

我陷入思索，爲什麼尙閎都沒有跟我說起這些？

「欸，妳不是合唱團要練習？」小輕看了一下手錶。

「差點忘了！」我趕緊抓起保溫杯往外跑去。

跑往音樂教室的途中，我還在想著尙閎與其他男生的不同。

大概是想得太專心，我不小心重重撞上一個人，眼看就要摔在地上，那個人眼明手快地伸臂攬住我的腰。

「還好吧？」

「嚇死我了！」我趕緊站好，「不好意思，我不該用跑的，抱歉。」

「我才該道歉，是我沒看路。」男孩很有風度。

「沒關係。」我揮揮手，幾乎沒看那男孩一眼，就要繼續往音樂教室奔去。

「孟之杏。」但對方卻叫出我的名字，讓我不由得轉頭看向他。

他的個子和尙閎差不多高，長得也還不錯，可是我很確定不認識他，他怎麼會知道我的名字？

也許是見我一臉狐疑，他有些不好意思地笑著說：「我是王子漢。」

「喔，那個王子啊。」我恍然大悟。

「妳知道我？」他看起來很開心。

其實我也是剛才聽小輕提到才留下印象。

「怎麼了嗎？」喊住我應該是有事吧？

「那個，我覺得妳挺不錯的，如果妳沒有男朋友，可不可以……」

「不可以！」我想都沒想，馬上拒絕。

他被我的果斷嚇了一跳，一時有些發愣。

奇怪了，爲什麼告白這麼容易？走路撞到一個女生就可以向她告白嗎？這樣的感情是認眞的嗎？

「妳不考慮一下嗎？」他又開口探問。

「你喜歡我嗎？」我看了下手錶，預定的練習時間已經到了。

「還滿喜歡的。」

「爲什麼？」我凝視他的眼睛，他似乎再度被我問倒。

「爲什麼啊……」他搔搔頭，「因爲妳長得很可愛。」

「就這樣？」

「還有妳唱歌很好聽。」

「謝謝。」我聽見鋼琴的聲音，完蛋了，開始練習發音了，「我要去練唱了，先這樣吧。」

「這表示我還有機會？」他繼續追問。

「沒有。」我一邊回答，一邊往樓梯跑。

「妳有喜歡的人嗎？」他不死心地對我喊。

「有！」我下意識回答，但話一出口立刻摀住自己的嘴巴。
「是誰？」他又問。
是誰？
我喜歡的人是誰？
腦海中浮現的，竟是尙閎的臉。
他是我弟弟呀！
我停下腳步，轉過身，雙手叉腰朝著他大叫：「是尙閎啦！」
「他不是妳弟弟嗎？」他瞪大眼睛，「妳有戀弟情結？」
喔，我頓時覺得自己找到了解答，戀弟情結，或許這就是我對尙閎懷有奇怪感覺的最好解釋。
「那又怎樣？」我故意露出微笑，爲這份莫名的情感找到解釋感到開心。
從那天起，孟之杏有戀弟情結的傳聞便在學校裡傳開了，我不覺得困擾，反而暗自高興，因爲這件事所引發的後續效應，就是沒有人再找尙閎表白了。
所有喜歡他的女生都要看我的臉色，只要我擺出不高興的樣子，尙閎便會笑著對那些女生說「之杏不開心」，然後跟著我一起離開。
當他最重要的人，原來感覺這麼好。
可是，我對他的情感是在什麼時候有了改變的？

還是說，其實我對他的情感從一開始就不純粹，是我自己搞混了？

✦

舉行合唱比賽的那天，站在臺上的我，清楚看見在人群裡爲我加油的尚閔，他輕皺的眉頭，他的微微一笑，我都看得如此眞切。

「之杏，恭喜妳，妳唱歌眞的好好聽。」

他捧著一束美麗的鮮花，送給我作爲祝賀，我卻哭了起來。

一模一樣的話，從他口中說出，跟從王子漢口中說出，竟如此不同。

「哭屁啊！」夕旖輕捏我的臉頰。

「沒想到妳的歌聲這麼好。」千裔拍拍我的頭。

在場的手足都各自給了我一個擁抱。

其中，只有一個人的擁抱令我心跳加速，令我淚流不止。

這怎麼會是戀弟情結呢？我從來沒有把尚閔當成弟弟看待，而是一個男孩。

我喜歡他，並非把他當成家人，而是視爲戀愛對象的那種喜歡。

但這份感情不能說出口，在我察覺到這份喜歡的那瞬間，就已經知道最後的結局。

第四章

高一的那個午後，我把藏在內心最深處的祕密告訴了康以玄。

我喜歡尚閎的祕密，只有康以玄知道。

他一臉無所謂，似乎就這樣接受了我這在外人眼中看來畸形的感情。

「你會告訴別人嗎？」我問他。

「誰會相信我說的話？」

我聽不出他是開玩笑還是認眞的。

「還好還有你，可以聽我說這些。」我握緊裝著飲料的杯子，深深嘆了一口氣。

「我只希望妳繼續好好唱歌，不要讓聲音出現雜質。」他站起來，拍拍褲子，「我看妳今天是沒辦法繼續唱了，我要走了。」

「你挺冷血的。」我不由得笑了聲。

「會嗎？」他皺起眉頭。

「算了，這樣的距離對我而言剛剛好。」我也站起來，「你眞的覺得這件事沒有關係？」

「什麼事？」

「我喜歡我弟弟這件事。」

「反正妳和他沒有血緣關係，不是嗎？」他聳聳肩，「不過，就算有血緣關係，只要有愛就可以了吧！」

我還是不知道他的話是開玩笑還是認眞的，總之我由衷地笑了出來。

「好吧，謝謝你。」我轉身要往社團教室的方向走。

「妳現在可以唱出好聲音了嗎？」他問。

「應該可以。」我回頭看他。

「那我就再給妳一次機會吧。」

我微微挑起了眉，雙手叉在腰上：「給什麼機會？難道你是什麼唱片公司的小開嗎？」

他沒回答，嘴角噙著一絲笑意，微風徐徐吹動他的頭髮與我的裙襬。

「我只是一個喜歡聽妳唱歌的人。」

他說著，那模樣無比眞摯。

尙閎也說過喜歡我的歌聲，但除了讓我感到欣喜，更多的卻是痛苦。每當尙閎聆聽我的歌聲，而我凝視著他的臉龐時，我便會想起在國中合唱比賽的現場，驀然發現自己早已喜歡上他的那份心情。

雖然開心，雖然感動，卻也傷心、痛苦，還有著無可迴避的罪惡感。

從此我不在尙閎面前唱歌，也不准他來合唱團聽我練習。

尙閎雖然抗議過，不過還是很聽我的話，我爲此感到高興，因爲這表示對他來說，我是特別的。

而此刻，康以玄對我說他喜歡聽我唱歌，這個人和尙閎是完全不一樣的存在，聽他這麼說，讓我有種不一樣的感覺。

唱歌是我的心靈寄託，透過歌聲，我能抒發所有可以表達與不能表達的情感。

「謝謝你。」我衷心向他道謝。

聞言，康以玄揚起一抹笑。

那大概是我第一次看見他的笑容，臉上不再是一貫拒人於千里之外的冷淡。不知怎麼的，他這個笑容深深烙印在我心中。

也許是因爲他自然而然接受了我的祕密，也許是因爲這樣的他讓我得以放鬆，我們慢慢地越走越近，相處的時間也越來越多。

和他逐漸熟稔之後，我瞭解到他其實並不是什麼壞學生，只是個不善於表達的面癱男孩，偶爾，他還會說出一些令人哭笑不得的話。

可惜，其他人都對他有先入爲主的印象，每次我和他走在一起，總會引來關切，我的朋友對康以玄感到畏懼，老師也曾私下找我過去，希望我遠離這個壞學生，以免受到不好的影響。

「康以玄不是壞學生。」我總是這麼爲他辯護。

「怎麼不壞？他抽菸、蹺課又遲到耶！」而大家的回應也大多如此。

我有時候會覺得困惑，抽菸、蹺課當然不好，可是這種行爲就是所謂的「壞」嗎？光憑這些來衡量一個人是好是壞，我認爲有些不公平。

康以玄從來不會傷害別人，也不會逼迫或威脅他人，這樣的他怎麼會是壞人？

後來我才逐漸明白，這就是所謂的「社會眼光」，就像我和尚閎明明沒有血緣關係，即使喜歡上他，好像也不是什麼離經叛道的事，但我就是忍不住在意別人怎麼想，所以才把自己的感情深深藏在心底。

同樣的，雖然康以玄沒眞的做出什麼壞事，可是因爲他的行徑不符合學校規範，就被歸類爲壞學生。

所以我開始要求他別抽菸，康以玄不懂爲什麼，我便威脅他：「如果你再抽菸就不要接近我，我也不會再唱歌給你聽。」

「妳在威脅我嗎？」他兩眼微微瞠大。

「是呀，我就是在威脅你。」我嘴角微揚。

他沉思了一下，才低聲說：「我沒辦法馬上改變。」

「那起碼不要讓我看到你抽菸，也不要讓我聽到別人這麼說你。」我退讓一步。

他伸出右手，豎起小指和拇指，其他三指縮了起來。

「你這是要跟我打勾勾嗎？」我很訝異他竟會做出如此孩子氣的舉動。

「表示遵守約定。」他神情認眞地點頭。

「好吧。」我也伸出手，勾起他的小指，拇指相抵。

從那時起，到現在升上高二，我和康以玄之間的友誼就這樣維持了下來，雖稱不上是死黨，但還算頗了解彼此，加上除了我以外，他似乎沒有其他朋友，所以沒事的時候，他時常會黏在我身邊。

合唱團社長甚至把練唱時間表直接交給康以玄，要他提醒我準時練唱，我和康以玄相處的機會因此更多了。

尙閎關心我的頻率也跟著提高，他擔心康以玄會不會帶壞我或欺負我，而我暗自樂見他的掛心。

說得難聽點，我就是想藉由康以玄讓尙閎吃醋。

每當尙閎板著一張臉問起我和康以玄的事時，我就覺得高興，可嘴裡卻故意說出一些惹他生氣的話，把我和康以玄之間的關係講得曖昧不已。

尙閎的眉頭鎖得越緊，我的心就越覺得甜蜜。

康以玄對我的作法十分嗤之以鼻，不過只要我心情好，歌聲就會更悅耳，所以他雖不以爲然，倒也沒有阻攔我。

「妳有沒有想過，這種事不可能一直持續下去？」

某個炎熱的午後，練唱中途休息，康以玄一如往常拿著一個保溫杯坐到我身旁。

「什麼事？」我一邊用樂譜搧風，一邊接過他遞給我的保溫杯，旋開杯蓋，一片蒸騰熱氣撲面而來，我忍不住驚呼：「居然又是熱的！」

「妳要保護喉嚨，不能喝冰的。」

「你還進化到用保溫杯送飲料給我？我不是說過好幾次了，天氣很熱欸！我要喝冰的，你手上那杯給我。」我伸手就要去搶他的冰紅茶，他往另一邊閃躲。

「妳只有那杯可以喝。」他用空著的那隻手推我的肩膀。

「那我不喝了，寧願喝水。」我走到飲水機旁，卻苦無杯子，只得轉頭看向康以玄。

他挑眉，指向被我留在椅子上的保溫杯。

「我可以把裡面的飲料倒掉，用這個杯子裝水。」我說。

「好啊，桂圓紅棗茶五十塊。」

「好啊，我付你錢。」我挺起胸膛，覺得自己底氣很足。

「孟之杏，妳是我們合唱團的王牌，不要這麼幼稚。」正巧走出來倒水的馬伊紋插話，眉間輕輕皺起。

「社長，妳還眞的允許康以玄這個非社員在這裡閒晃啊！」爲了報復康以玄帶熱飲給我，我抓緊機會捅他一刀。

「他不就是妳帶來的？」馬伊紋事不關己地回了我一句。

馬伊紋雖然和我們一樣都是高二生，但聽說她因爲家庭因素，所以晚讀一年。也許是年紀比我們大一歲的緣故，她總是散發出一股凜然的領導者氣息，就連我這種向來有點散漫的人，見到她也會畢恭畢敬。

她走到飲水機旁，按下出水鈕，溫水注滿了她手中的保溫杯。她的長髮雖然挽起，不過仍有幾綹髮絲垂落頸側，在這種大熱天裡，她還是穿著一件短袖薄外套。

「社長，妳不熱呀？又喝溫水又穿外套的。」我光是站在這邊講話就滿頭大汗。

「女孩子要注意保暖，這種常識妳不知道嗎？」馬伊紋瞥我一眼，搖了搖頭。

「也不用把自己弄得像在烤箱裡一樣嘛。」我也學她搖頭。

「不要爭辯了，康以玄說的沒有錯啊，妳只要戒掉冰飲，改喝熱飲，一個月後，妳就會發現身體的變化了。」說完，馬伊紋對康以玄豎起拇指，轉身走回社團教室。

「不喝這個妳也沒別的東西喝。」得到馬伊紋的支持，康以玄彷彿尾巴都翹起來了，得意的目光落向那杯燙得要命的桂圓紅棗茶。

「哼，你們這些惡毒的人。」我走回他身邊坐下，拿起保溫杯，無奈地慢慢啜飲。

「妳聽過社長唱歌嗎？」康以玄忽然問。

「沒有耶。」嗯，咬到桂圓了。「幹麼問這個？」

「我只是想，來聽練唱這麼多次，從來沒聽過你們社長開口唱歌，身為社長不是應該要很會唱嗎？」

「聽說她很會唱喔，只是國中時傷到喉嚨，所以沒辦法再唱了，不過她很懂得抓每個人的音域，也懂得如何讓大家的歌聲和諧地融合在一起，不得不說她的確很有領導能力。」

儘管馬伊紋從未在我們面前開口唱歌，但不可否認的是，她的指導能力確屬一流。

「嗯。」康以玄點頭。

「幹麼，你對馬伊紋有興趣？」我抬起手肘頂了他兩下，不小心讓保溫杯裡的桂圓紅棗茶灑了出來，濺到我的百褶裙上。

「妳到底在幹麼？」康以玄語帶嫌棄，立刻從口袋裡掏出手帕，往我的百褶裙上擦。

「哇，先生，你現在這……我完全不知道該怎麼形容我的訝異耶！」

「什麼？」他自然地幫我擦拭裙子，問題是學校的制服裙是黑色的啊，根本看不出來汙漬在哪裡，所以康以玄等於是在亂擦。

「你隨身攜帶手帕就已經夠讓人驚訝了，然後，大哥，我是女生耶，你這樣直接把手貼在我的大腿上，我還要不要嫁人啊？」

他渾身一僵，馬上抽開手，「我、我沒有想太多……」

沒料到他會有這樣的反應，我假咳幾聲，順勢打了他一下：「白痴喔，你這樣氣氛反而尷尬。」

「我有碰到不該碰的地方嗎？」

「你還問！」我臉上一熱，搶過他的手帕，差點沒揍他一拳，「我自己擦啦！」

結果他竟沉默不語，氣氛瞬間變得更尷尬了。

我默默擦乾裙子後，把手帕還他。

既然他不吭聲，我先進去社團教室好了，避免尷尬持續蔓延。

這時，康以玄卻忽然說：「妳知道……」

「欸，有人家裡臨時有事要提早回去，我們再合唱最後兩次，就結束今天的練習。」馬伊紋從教室裡探出頭來高喊。

「好。」所有在教室外休息的社員齊聲回話。

「你要說什麼？」我把保溫杯的杯蓋旋緊，交還給他。

「算了，晚點再說吧。」他也站起身，跟著我進到社團教室。

我們合唱團選唱的歌曲清一色全是台灣民謠，大家偶爾也會討論是否要選幾首流行歌曲，但最後多半還是作罷。

唱完第一遍後，馬伊紋指出走音和漏拍的聲部，並提醒伴奏要小心別失誤。

「在唱歌的當下，你們常常會只注意到自己的聲音，但切記，這是團體合唱，不是妳一個人唱得好就好。」馬伊紋點了我的名字，「孟之杏，妳的歌聲很好，但是太過突兀，要收回來一些。」

我明明唱得很好，爲什麼要我去配合那些唱不好的人？

「喔。」雖然不認同馬伊紋的指正，但爲了快點結束練習，我還是應了聲。

馬伊紋看得出我並不服氣，卻也沒再多說，只是要求大家唱第二遍。

這次我刻意唱得比較小聲，心想這樣總可以了吧，可是馬伊紋依舊一臉不滿意的模樣。

「之杏，不是那樣收，不是唱得小聲點就叫做收。」離開教室之前，馬伊紋叫住我。

「我不知道該怎麼收，我一直以來都是這樣唱歌。」我回給她一個微笑。

「這應該不難，妳要先聽別人唱啊。」

「我有在聽呀。」

「用心去聽。」馬伊紋很認眞地看著我：「妳的歌喉非常好，但這是合唱團，和棒球或籃球那種團隊運動一樣，只有一個人打得好是沒有用的，團隊精神……」

「我知道啦，我懂，我又不是第一次參加合唱團。」我敷衍地擺擺手，背起書包就往門外跑，「再見啦，社長！大家辛苦了！」

康以玄對馬伊紋輕輕點頭示意，跟著我一起離開社團教室。

「她以爲她是誰？」

我隱約聽見有社員這樣說，那些碎嘴的人我一概不放在心上。就是因爲沒能力才只能在別人背後說閒話，他們光追上我就不容易了，我何必在意那些被我遠遠拋在身後的人說了什麼？

「我覺得社長說的沒有錯。」在公車站牌等車時，康以玄突然開口。

「你站得那麼遠，也能聽見社長對我說些什麼啊？」

「難道妳從來沒有想過，明明是合唱團練唱，爲什麼我能聽見妳的歌聲？而且在每一次的練習之中，爲什麼我能發現妳的聲音是混濁或是清澈？」他從書包裡取出保溫杯遞給我。

「的確沒想過。」我扭開杯蓋，依然是溫熱得噁心的桂圓紅棗茶，但喝下一口後，那種滋潤喉嚨的感覺倒還不錯。

「因爲妳的聲音很獨立。」

「獨立？」怎麼會用這個形容詞？

「就是辨識度高，音色是很好聽沒錯，不過就跟社長說的一樣，很突兀。」

「愛嫌就不要聽。」瞥見公車駛來，我把保溫杯往康以玄手上一塞，「我要回家了。」

「妳怎麼聽不進別人的意見？」他不肯接下保溫杯，「妳帶回去喝完吧。」

「給人意見也要合情合理才有意義，你們在說什麼我聽不懂，我也不覺得自己的聲音有哪裡突兀。」我把保溫杯收進書包，對他揮了兩下手，迅速轉身上車。

公車駛遠之後，我才想起他之前未說完的話，不知道是什麼事。原想傳訊息問他，但似乎也沒那麼重要。

倒是他主動傳訊過來。

「剛才我話還沒說完，聽說最近會有個轉學生。」

轉學生與我何干？

正要回傳時，下一條訊息又跳出來。

「女孩子，轉到妳弟班上。」

「你怎麼知道？」

「在教務處時，聽見老師在討論。」

「討論什麼？你因爲什麼事情去了教務處？」

「他們說那個轉學生好像有些問題。」

「爲什麼忽略我的問題不答？你又抽菸嗎？」

康以玄已讀不回。

好樣的，以後不讓他聽我唱歌了。

回到家以後，居然看見尚閎在擦窗戶。

「你在幹麼？」

「妳回來啦。」他從椅子上跳下，把椅子挪到另一處，又站了上去，開始擦另一片窗。

「阿姨不是固定會來打掃？」

爸媽有請專人每個禮拜來家裡打掃一次，所以很多家事根本不需要我們動手做，但尚閎這個裝乖的小孩從以前就會幫忙家務。

「阿姨在煮飯，這邊的窗戶這麼高，讓她擦也危險，反正我沒事，乾脆我來做就好。」

「你知道有一種可以伸縮的長柄抹布嗎？用那個擦比你站在椅子上擦好吧。」我從書包取出保溫杯，坐到沙發上。

「我覺得那樣擦不乾淨。」他再次從椅子上躍下，「反正一下子就擦完了。」

「你開心就好。」我打開電視，旋開保溫杯喝了一口，好噁心的桂圓紅棗茶，我忍不住嘟囔：「又咬到桂圓了。」

「妳怎麼會有那個保溫杯？」尚閎搬著椅子經過我身邊。

「康以玄給我的，明天要帶去學校還他。」

「妳還在跟他聯絡喔。」他停下腳步，朝我望來。

來了，就是這種皺眉的表情，總是讓我內心雀躍不已。

「不要把他想得太壞，他對我可好的呢，擔心我喝冰的會傷喉嚨，特地買桂圓紅棗茶給我，還裝在保溫杯裡唷！」我故意晃了晃手上的保溫杯。

「爲什麼妳讓他去聽妳唱歌，卻不讓我去？」尚閎的語氣有些不滿與無奈，「還是說這次比賽我去幫妳加油？」

「不用了！你不要來。」我連忙拒絕。

「到底爲什麼不再讓我聽妳唱歌？」他的眉頭皺得更深了。

「因爲很怪。」我沒多想便答。

「怎麼會怪？我是妳弟弟耶！」

這句話霎時刺痛我的心，一股鬱悶卡在胸口。

「就因爲你是我弟弟才奇怪，我都幾歲了，才不要和家人黏在一起。」

「妳怎麼這樣說話？會傷到人的。」他垂下眼簾，看起來有些受傷。

「才不會。」我對他甩甩手，「走開，你擋到我看電視了。」

尚閎拿我沒轍，只得把椅子放回飯廳，接著走進廚房，不知道在忙些什麼。

大概過了二十分鐘，他端著一盤水果回到客廳，在我旁邊的沙發坐下，此時我已經把那杯桂圓紅棗茶喝完了。

「杯子不快點洗一洗會長螞蟻喔。」他指著被我擱在桌上的保溫杯。

「晚一點再洗，現在不想動。」我整個人陷在沙發裡坐得正舒服，腳還伸直了蹺在桌上。

他嘆了口氣，拿起我的保溫杯往廚房走去。

「幹麼多事呀。」我低聲碎念。

等他洗完保溫杯回來，盤裡的水果已經被我吃掉一半，他再次坐到我身旁，欲言又止的模樣令人煩躁。

我口氣不善地問：「幹麼？」

「康以玄他……」

「停，你又要說他怎樣了？相信我，這些話我聽得夠多了。」我抬手制止他。

「妳又不聽我的意見了。」

今天是怎樣？一連被兩個男的說我不聽別人的意見，我是有多差勁？

「那就閉嘴，不要說。」我冷著一張臉。

「妳對康以玄也是這種態度嗎？」尚閎拿起叉子，從盤子裡叉起一塊水果。

「你比較這個幹麼？」我莫名有點開心。

「我只是想知道他會不會對妳生氣，如果因爲妳個性這樣就生氣的話，表示他不是適合妳的男孩。」

他關懷的話語卻讓我的心瞬間冷卻。

我究竟在奢望什麼呢？

一次次因自己想像中的美好而悸動，又一次次被現實傷害。

「他不會生氣。」我淡然地回，視線轉回電視螢幕，渴望上面播映的節目能分散心口那微微的疼痛。

「嗯。」尚閎不再追問。

我們誰也沒再出聲，沉默地看了好一會兒電視後，他才再度開口：「妳是不是跟別人說了什麼？」

「蛤？」我不明白他在說什麼。

「就是妳那個朋友，叫許蓓菁的。」

「她？怎麼了嗎？難道她又跟你告白了？」我內心狠狠咒罵許蓓菁，這女人又幹什麼了？

「不是啦。」他苦笑著搖搖頭。

「話說，高一的時候你不是被很多人告白，班上有好幾個女生喜歡你不是嗎？現在呢？有什麼進展？」

每當有女孩跟尚閎告白，我都會故意添亂。只要有人問我尚閎喜歡什麼類型的女生，我總是回答他喜歡的就是我這型。

我當然知道，我永遠會是尚閎的姊姊，也知道有一天，我會看見他和別的女孩走在一起，但至少不是現在，再給我一點點時間……

眞希望能快點變成大人，這樣我是不是就不會這麼無能爲力了？

長大後，是不是任何事情都能迎刃而解，不會再有迷惘？

是不是，就可以忘卻這段苦澀的暗戀？

「沒什麼好說的，大家都是朋友。」尚閎抓了抓後腦，「總之就是我在學校走廊遇見許蓓菁，她跑來問我是不是有戀姊情結。」

我眞的要翻白眼了，許蓓菁竟然把我寫的那張紙條當眞啦？

「那你怎麼說？」

「我說或許有吧，我愛我的三個姊姊。」他又露出那該死的好看笑容。

「眞是噁心。」我笑了。

「怎麼會噁心？愛著家人是很美好的感情吧。」他目光眞摯，說得理所當然。

「是呀，家人。」我乾笑，隱隱約約的心痛再度糾纏著我。

我想長大，卻又不想長大。

✦

「下禮拜一的下午一點和鄰區的高中有一場友誼交流賽，不需要所有人都參加，有人有意願嗎？這是宣傳我們三淵高中的好機會喔，讓對方知道我們的實力有多強。」

馬伊紋在團練結束後的例行會議上詢問，一年級的社員大多很有表演欲，幾乎都舉手表示願意，少部分二年級生則因考試撞期而無法參與，至於三年級生那更不用期待了，多半連社團都沒繼續來了。

「每個聲部大概需要五個人左右，目前第一聲部還缺一個……孟之杏，妳可以嗎？」

馬伊紋的探詢讓社員們議論紛紛，隱約聽見有人抱怨我的加入會破壞平衡。

是怎樣，我是有多重啊？

「我沒什麼意見。」我語氣平淡地回應。

越不希望我去，我就越要去。

「好，那我會幫參加的人請公假，請大家下禮拜一早上十點在校門口集合，有小巴士接送……」馬伊紋對那些細碎的抗議聲置之不理，低頭在手裡的筆記本上畫了幾條線，「至於要唱什麼歌，等一下請參加交流賽的社員留下來討論，其他人可以解散了。」

我沒有挪動腳步，逕自在組合式階梯上坐下，手托著腮，百無聊賴地看著其他社員魚貫離開社團教室。她們一邊走一邊交頭接耳，也不知是不是刻意要讓我聽到，那些耳語我聽得清楚，幾乎都是覺得我不該參加這次的交流賽。

有個女生說，我應該把這個機會讓給別人。

但剛剛社長問起的時候，她們又不主動舉手說要參加，還怪我不把機會讓給別人，這不是很奇怪嗎？

「因爲是輕鬆的交流賽，所以我想這次也許可以選唱一些平常不會唱的歌，大家有什麼意見嗎？」

「流行歌也行嗎？」其中一個一年級的社員舉手發問。

「可以，妳有什麼提議嗎？」

結果那個一年級生提出了一首完全不適合合唱的流行歌曲，想當然得不到贊同，社長問了一輪後，還是沒有合適的提案。

馬伊紋嘆了口氣，問我有沒有想法。

「問我？不怕大家又不滿意？」我故意這麼說，反正現場大都是一年級生，不太敢頂撞學姊。

「孟之杏。」馬伊紋嘖了一聲，對我使了個眼色，像是在叫我不要計較。

好吧，看在社長的面子上。

我思索了一下，然後提了一首曲目：「〈爲愛癡狂〉呢？」

「那是什麼歌？」幾個一年級生疑惑地問。

「這首不錯。」馬伊紋拿起放在鋼琴上的手機，找出這首歌的MV放給大家聽。

聽完後，每個人都點頭讚賞，看樣子就決定唱這首了。

「這首歌不難，我記得老師那邊好像有這首歌的合唱譜，我去找找，明天開始練習。」馬伊紋說完就宣布解散。

一年級生背起書包陸續離開教室，大概是基於對學姊的禮貌，她們臨走前還是有跟我說聲再見，我簡短地應了聲，走到教室最後面，康以玄正坐在那裡。

「你有聽到那些閒言閒語嗎？」

「刺耳的話特別容易聽到。」他臉上的表情似笑非笑，把我的書包遞過來。

「你怎麼還是跑來了？」我瞇起眼睛睨他。

「爲什麼不能來？」

「那你告訴我，爲什麼你會聽到轉學生的消息？還有你去教務處幹麼？」我伸手接過書包。

「妳覺得呢？」他挑了挑眉毛。

「絕對不是因爲做了什麼好事要被表揚吧？」我再次瞇眼，想做出一副凶狠樣。

「妳再瞇眼，眼睛就要不見了。」他打趣地說。

「喂！我眼睛很大好嗎！」我用力拍了康以玄一下，他笑出聲，「快點啦，到底什麼事情？」

他目不轉睛瞅著我，那眼神詭異得很。

「你又幹麼？」我的防備之心頓時升起。

「我只是訝異妳好奇的不是轉學生，而是我在教務處幹麼。」

「我爲什麼要對轉學生產生好奇？」我關了教室的燈，順口吩咐他：「你去鎖前門。」

康以玄朝前門走去，按下喇叭鎖，還不忘一一檢查窗戶是否都已上鎖。

「因爲轉學生是女的啊，妳不在意妳弟會怎樣？」

「無聊。」和康以玄一前一後步出社團教室，我轉身鎖上後門，「你是想說他會喜歡上轉學生嗎？這種漫畫裡的劇情不可能發生吧。」

「所以妳是覺得這種事不會發生，而不是不擔心妳弟喜歡上別的女生？」

我們並肩往樓梯走去。

「你今天好八卦，怎麼了？這麼怕我問你去教務處幹麼嗎？」

他聳聳肩，還是不肯說他去教務處的原因。

「你只要告訴我，是不是因爲抽菸或蹺課？」

「不是。」他答得很快。

我盯著他的側臉，想從他的表情判斷這話是眞是假。

他的五官很好看，鼻子高挺、眼眸清亮，但我卻無法從他眼中看出他在想些什麼。

「喂，康以玄，仔細一看你還滿帥的，爲何沒什麼女人緣？」

「妳白痴嗎？」沒想到他突然加快腳步往前走。

「你也沒什麼朋友，對吧？」我跟上他，覺得有趣。

「那不重要。」

「你在班上也是這樣嗎？大家都很怕你，離你遠遠的？」

走出校門，我對警衛點頭示意，來到路口等著過馬路。

「沒人怕我，但也沒人會靠近我。」他悶悶地說。

簡單來說，他就是荒野中孤獨的一匹狼。

「康以玄，你挺孤僻的，什麼星座？」我問。

他沒回答，只是用一種彷彿這問題很蠢的表情看我。

「欸，星座也是一種統計學呀，問一下又不會怎樣。」我撇撇嘴。

行人號誌的紅燈轉綠，我們過了馬路後繼續直走，來到公車站牌。

「今天我的公車先來了。」康以玄跑得挺快，一溜煙就上了公車。

公車都還沒駛離我的視線，就收到他傳來的訊息。

「我有請社長一起幫我請公假。」

我瞪大眼睛，手指快速地在手機螢幕上輸入回覆：「你是有多跟屁蟲啊！校外的合唱比賽你也要去？」

「可是社長說不能幫我請公假。」他忽略我的話，自顧自地說。

「廢話！你又不是社員。」

「我總是有辦法去的。」

「不准蹺課，也不准去。」

我下了命令，但我知道康以玄不一定會聽話。

不過，到目前爲止，他還滿遵守約定的。

「喂，你爲什麼這麼喜歡我的歌聲？」

等了好一會兒，他始終沒有回答這個問題。

第五章

「孟之杏，起來！」

這個一點也不溫柔的聲音來自班上最遵守規矩的眼鏡妹袁巧霓，說難聽點，她就是個廖粑子。

「幹麼啦？現在是下課時間，我趴在桌上睡覺又沒關係。」我打了個大大的哈欠。

「外面有人找妳。」袁巧霓冷冷地抛下話，轉身回座，從書包裡拿出一本薄薄的英文童話書。

我雖然不是那種令老師頭痛萬分的問題學生，但也沒有乖順到對所有指示都言聽計從，所以碰到袁巧霓這種規矩至上的乖乖牌，我總有些敬謝不敏。

眞爲他們只知道念書，永遠走在父母師長規範的道路上而感到可惜。

我朝走廊望去，康以玄正好整以暇地杵在那裡。

「進來呀。」我朝他招手，他卻搖頭，我只好起身走出去。

「妳換位子了？」我才一走近，康以玄就問。

「是呀，原本坐靠走廊這排，現在換到另一頭了，不過不管哪邊都是靠窗，我運氣眞不錯。」我笑著說。

「這樣我過來找妳就很不方便了。」康以玄說。

「叫座位靠走廊的人叫我不就行了。」我轉頭一看，發現袁巧霓就坐在靠走廊這頭的窗邊，難怪剛才是她來叫我。

「算了，以後你要過來前先LINE我吧。」我擺擺手。

康以玄盯著袁巧霓看了好一會兒，才對我說：「我下禮拜一也會跟妳一起去。」

「啊？」我瞪大眼睛，「你要蹺課？」

「我找到辦法了。」他聳聳肩，從口袋掏出兩顆糖果遞給我。

「這什麼？」我接過來一看，是枇杷膏口味。

「保護喉嚨的糖果。」

「你過來就爲了拿這個給我？」我眨眨眼，有點不相信。

「反正剛好經過，我們班下節是理化課。」

我仔細打量著他，他根本雙手空空：「那你的理化課本呢？」

「忘記帶了。」他泰然的模樣實在有些欠揍。

「你眞的是！等我一下！」我沒好氣地說。

「我可以借你課本。」

我還沒來得及邁開步伐，待在座位上看書的袁巧霓突然把手伸出窗口，手裡還拿著理化課本。

她在偷聽？

「我跟之杏借就好。」康以玄愣了一下，然後淡淡地回應。

倒是我站在原地沒反應過來，直到康以玄推了推我，我才胡亂應了幾聲，走到自己的座位上拿課本。

「我今天沒有理化課，有空再還我就好。」我把課本交給他。

「好。」

上課鐘聲響起，康以玄快步離開，我轉身要回教室時，視線不偏不倚和袁巧霓相接。

「妳不要和康以玄那種人太接近比較好吧？」袁巧霓話中帶刺，配上她那張機車的臉更讓人生氣。

「哪種人？妳剛才還想借『那種人』課本呢。」我回嘴。

「我是幫妳好嗎？」她撇過頭。

「我又沒求妳！」我不想在嘴巴上輸給人，所以撂下這句話後，我趕緊跑回自己的座位。

「妳和袁巧霓在吵什麼？」一坐下，前座的許蓓菁立刻轉過頭問。

「我哪知道，她發神經吧。」念頭一轉，我伸手朝她的臉頰一捏，「聽說妳跑去問尚閎是不是戀姊情結啊？」

「哇，他連這個都跟妳說，看樣子是眞的很愛妳。」她笑嘻嘻地調侃，「這下我眞的對他無感了，我對戀姊情結、媽寶這類型的男生沒興趣。」

「喜歡一個人還有條件啊？」我皺了皺鼻子。

「當然要有條件啊，我可不想和對方談戀愛時，還會冒出另一個女人干涉。」許蓓菁指著我，「所以說，像妳這樣的姊姊呀，根本就是阻擋孟尙閎談戀愛的邪惡存在！」

這樣最好，這就是我想要的。

「哇，可怕的女人，妳在笑耶！」許蓓菁搖頭，「不過惡毒的姊姊別得意，就像《仙杜瑞拉》這個故事一樣，一定會有個王子前來解救仙杜瑞拉的！啊，不，應該說是公主，會有一個不怕惡毒姊姊的公主，勇敢帶走可愛的仙杜瑞拉王子。」

「好的，那就請我們這位仙杜瑞拉站起來，翻譯一下第三課的課文吧。」英文老師站在講臺上微笑。

許蓓菁整個人猛然一震，看著我的目光全是不滿，大概是在埋怨我怎麼沒提醒她老師已經來了。

我聳肩一笑。

女人，妳嘲笑我是壞姊姊，我幹麼要提醒妳老師來了？

忍著笑意看許蓓菁結結巴巴地翻譯課文，這一幕非常解氣，但我不由得想起剛才她說的話。

結果到頭來我還是仙杜瑞拉的壞姊姊嗎？
雖然我不會虐待尙閎，可是也不想讓公主帶走他。
所以才把他鎖在閣樓之中，阻隔一切，不讓他遇見公主。

✦

爲什麼康以玄會說他有辦法跟我一起去校外參加合唱比賽，我一直到過了幾天才得知原因。

經過幾次練習，我們這群代表學校參加交流賽的社員，已經可以流暢地唱完一整首〈爲愛癡狂〉，但馬伊紋還是認爲我的歌聲太過突出，讓曲調聽起來不甚協調。

不過因爲只是友誼賽，她也沒要求太多，念了我幾句便作罷。

到了中場休息時間，毫不意外，我又在教室最後面瞥見康以玄的身影。帶著疑惑，我上前問馬伊紋，康以玄爲什麼可以跟我們一起去。

「他暫時加入合唱團了。」馬伊紋說。

「啊？」我大吃一驚，沒想到他爲了來看比賽，竟做到這種程度。

「只是暫時，算是幫忙性質。」馬伊紋一邊重綁她的馬尾，一邊說：「所以我幫他請了公假。」

「他自己說要幫忙的？」

「是啊，反正就算我不幫他請公假，他一定也會蹺課跑去吧，不如順手幫他一下。」馬伊紋偷笑，「看樣子妳年紀輕輕就有一個忠實粉絲了。」

「饒了我吧。」我無奈地搖頭。

遠遠望去，康以玄依舊面無表情地坐在那裡玩手機，我真是一點也搞不懂他。

回家的路上，我對康以玄提起這件事，他明顯一臉得意，這種表情我是第一次在他臉上看到。

「就說我會有辦法吧。」他嘴角勾起，笑容裡透著毫不掩飾的驕傲。

「到底爲什麼？爲什麼要當這麼徹底的跟屁蟲？」我是眞心不解。

「我想再多觀察妳，多聽聽妳的聲音。」他說，一點也不彆扭。

我愣了一下，隨即嘆氣，拍拍他的肩膀：「你說這種話，任誰聽了都很容易引起誤會，你知道嗎？」

「要誤會什麼？」

他看起來眞的不明白，我一陣無語。

「如果是對甜言蜜語沒有抵抗力的小妹妹，一定會覺得你喜歡上她了，在跟她告白……還是說，這就是你的把妹招數？你用這種方式把到幾個女朋友了？」

康以玄被我逗得笑了出來，「我聽不太懂妳在講什麼，但很有趣。」

「笑屁啊！」我出手打他。

「我沒交過女朋友，也不是在把妹。」他掩嘴而笑。

「那你總喜歡過人吧？」

「嗯，稱不上吧，心靈支柱算嗎？」

沒想到看起來冷淡的康以玄，好像眞的喜歡過人。

「還心靈支柱咧，你才幾歲呀！好，就算對方是你的心靈支柱，但你和她沒有交往？怎麼可能，你這個樣子……」我伸指戳戳他的臉，「雖然不是所有女生都這麼膚淺，只是你長這樣，怎麼可能會告白失敗！」

康以玄笑得更開心了，果然不管多面癱的人，一被誇獎還是藏不住得意。

「如果妳是在誇我，那我虛心接受，可是我這個樣子……」他指著自己的臉，「派不上用場。」

「什麼意思？對方嫌棄你是不良少年？」

他輕輕搖頭：「她大概不知道我的存在，我也覺得，自己對她的情感沒有那麼簡單。不是一定要和對方在一起，也不是需要被認同，我……很難解釋。」

不知爲何，緩緩訴說這種感受的康以玄，彷彿散發出一種悲傷的氛圍。

「那……她也在這所高中嗎？」我小心翼翼地問。

他幽幽地看著我，眼神飄渺，搖了搖頭，只是輕輕一笑便不再多說。

好吧，這件事似乎不適合再追問下去，我只好轉移話題，回到他爲何堅持要當我的跟屁蟲。

「所以，你跟著我去校外比賽到底是怎樣，單純喜歡我的歌聲？」

「對，妳的歌聲會讓我想到很多事情。」他定定地凝視著我。

他從未如此專注地望著我，正想叫他別這樣盯著我看，卻在四目相交之際，被他攫住了目光。

「你想到什麼？」我怔怔地問。

他微微彎下腰，朝我貼近了些，我下意識往後退一步。

「就是一些以爲自己早就忘記、也該忘記的事，聽到妳的歌聲後，卻一直想起來。」他低沉的嗓音在我耳畔徘徊。

我一頓，還是忍不住問出口：「我的歌聲讓你想起不好的過往？」

「說不上好或不好，只是我以爲我忘了。」康以玄站直了身體，目光落向對面的馬路。

見到康以玄略顯憂鬱的一面，我有些詫異，而且他的身形比我高上不少，突然這樣靠過來，還眞讓我覺得他有點威脅性。

「你這個臭男生。」我嘀咕，「有說跟沒說一樣。」

雖然我的話聲很低，他應該還是有聽見，不過他沒理睬我，拋下一句「我公車來了」，便上車離開。

下次我一定要趁我們都還在學校的時候問他問題，不然一問到他不想回答的事情，他就會選擇落跑。

他剛剛搭上的那輛公車，跟他上次搭的根本不同路線。

✦

比賽前的最後一個練習日是禮拜天，大家找了個空曠的地方練唱。

合唱的訣竅有個很抽象的形容方式，一般都說要想像聲音是一股有形的氣體，所有人唱歌時必須將歌聲集中到中央，聲音才不會散掉。

在舞臺上或是社團教室，因爲建築構造的關係，會覺得歌聲比較集中，然而若在寬闊的地方練習，聲音就很容易被風吹散。

「社長，妳不是說是輕鬆的友誼賽嗎？」一年級的社員紛紛哀號。

「是輕鬆交流沒錯，但我們也要拿出誠意呀！」馬伊紋拍了兩下手，「順便額外特訓，妳們這是賺到了，知道嗎？」

誰有辦法和社長爭辯呢？大家也只能面面相覷，排好隊形開始練習。

我們現在所處的位置是公園中央，不僅有阿嬤牽著孫子、媽媽推著嬰兒車路過，還有一群活力充沛的小孩在附近奔跑玩耍。

不過，如果因爲在意旁人的目光，而不敢開口唱歌的話，就枉費我們身爲合唱團團員了。這點干擾對我們來說不算什麼，大夥兒準備好便齊聲歌唱起來。

果然，身處在空曠之處，聲音的確會散開，馬伊紋皺著眉頭，好幾次中途要我們停下。

在她第五次要求暫停時，我決定提出我的想法。

「社長，我覺得……」

「之杏，妳的聲音還是太突出了。」馬伊紋沒等我說完就打斷。

難道她一直要求停下重來的原因，不是因爲眾人的聲音不集中，而是我的聲音太突兀？

「我有嗎？」

我看向馬伊紋，又看看其他社員，每個人都朝我點頭。

我有些不服氣：「可是我一直以來都是這樣唱的，爲什麼高一的時候沒問題，現在就有問題了呢？」

這下子我也不高興了，該不會是集體聯合起來找我的碴吧？

「因爲妳……」馬伊紋才說了一半，便硬生生止住，「算了，我想想辦法，大家先休息一下。」

其他社員邊發牢騷邊往旁邊的椅子走去，我怒氣沖沖想找馬伊紋理論，她卻要我別吵她。

康以玄這個跟屁蟲當然也在場，他坐在另一邊的樹下對我招手。

我憤憤不平地朝他坐的長椅走去，無視他遞過來的保溫杯，一把搶過他放在一旁的冷飲。

「妳的喉嚨……」

我瞪了康以玄一眼，他馬上閉嘴。

「氣死人了！到底是哪裡有問題？憑什麼要我去配合其他人！我明明唱得比她們都好！」我火大地一口喝下大半杯冷飲，一屁股坐在他旁邊。

「妳的歌聲很好聽，但妳需要用心聽一下其他人的聲音。」康以玄頓了下，「這也不是我第一次跟妳說了。」

「那我也不是第一次說了！憑什麼要我等那些走得慢的？不應該是那些走得慢的得想辦法跟上嗎？」

「大概是因爲妳很多事情都能做得很好，所以才無法理解那些非常拚命想要追上的人的心情。」

「這就是實力。」我倨傲地抬起下巴。

「就像妳始終追不上妳弟弟一樣。」康以玄陡然冒出一句。

我的表情瞬間一僵，胃部湧起一股強烈的酸澀，幾乎就要讓我嘔吐出來。

我沒有打算哭，我並不是那樣脆弱的女生，可是淚水就這麼毫無預警地聚集在眼眶，我一點都無法控制。

康以玄被我的反應嚇到，慌張得不知道該如何是好，一隻手像是要朝我的臉伸過來，最後卻僵舉在半空中。

我用力吸了吸鼻子，把眼淚逼回去，站起來朝其他社員所在之處走去。

「孟之杏……」

隱約聽見康以玄小聲叫喚我的名字，但我決定不再理會那個白痴。

他該知道什麼能說，什麼不能說。

尚閎是我心中的痛，他怎麼能用那件事來刺傷我？

「好了，集合吧。」見我回來，馬伊紋拍了兩下手，等所有社員一一站定位後，便繼續說：「我剛剛想到了一個方法，最前面的副歌由之杏獨唱。」

「什麼？」

所有社員包括我一起發出驚呼。

「社長！妳要我獨唱？」

「對，以前妳的聲音還可以融在合唱之中，可是現在妳的聲音越來越突出，加上這次交流賽演唱的人數比較少，妳的歌聲更容易被突顯，所以這是最好的方法。」馬伊紋邊說邊點頭，似乎覺得這個辦法甚是可行，「事不宜遲，馬上來練習一次，最前面的副歌由之杏獨唱，其他聲部照舊，第二次副歌也一樣由之杏獨唱。」

大家雖然面面相覷，還是遵照馬伊紋的安排。

負責指揮的她手勢輕抬，我率先唱出了〈爲愛癡狂〉的副歌。

想要問問你敢不敢 像你說過那樣的愛我

想要問問你敢不敢 像我這樣爲愛癡狂

因爲是獨唱，所以可以清楚聽見我清亮的歌聲迴盪在公園裡。

馬伊紋眼睛一亮，神情看起來很開心，其他社員則是一臉驚奇。

接著馬伊紋的手再次抬起，第三聲部開始合音，然後由第二聲部唱出歌詞，我正要跟著唱時，卻見馬伊紋對我手勢一收，示意要我別唱。

我原想抗議，卻忽然注意到三個聲部的合音是那麼和諧悅耳。

我好像眞的沒有認眞聽過他們唱歌。

明明一起練唱這麼多次，然而我卻覺得周圍的歌聲是那麼陌生，好像第一次聽見。

這些被我嫌棄跟不上我的人，她們的歌聲聽起來如此和諧動人。

在我沉浸在這前所未聞的美好歌聲之際，又看見馬伊紋對我比出手勢，我深吸一口氣，唱出第二段副歌。

一樣由我獨唱，其他聲部配合著我小聲合音，馬伊紋臉上的笑容越來越大，最後迎來完美的收尾。

歌聲停歇之後，所有社員一片靜默，率先發出尖叫聲的卻是馬伊紋。

「天啊！太完美了！我真是天才，就是這樣沒錯！」

她興奮得高舉雙手與站在她身旁的社員擊掌，其他社員也面露喜色，只有我一個人不知道該作何反應。

「禮拜一就照這樣唱！」解散的時候，馬伊紋對大家說。

「學姊再見。」雖然問題解決了，我和其他社員之間的關係並沒有因此變得更親密，她們對我禮貌道別後，就各自成群離開，但從她們的表情看來，似乎也對剛才的合唱很滿意。

目送那些二年級社員的背影逐漸遠去，我似乎還能聽見她們興高采烈地討論著。

康以玄不知何時站到了我身邊。

「羨慕她們可以一起討論唱歌的事嗎？」

他突然出聲，我心臟猛然一跳，一方面覺得不甘心，一方面還在生他的氣，所以我不打算回應他，扭頭就往公車站牌的方向走去。

「有什麼好生氣的？」康以玄追上。

他這個人就是不會看臉色，不管我是否不高興，只要他想問問題，就絕對會打破砂鍋問到底。

我也懶得跟他爭辯，與其等他自己醒悟，不如直接坦白。我停下腳步，轉過身雙手抱胸盯著他。

「我能不生氣嗎？你拿我最在意的事情來說我，我不會受傷嗎？」

「但是妳常常說那些唱歌追不上妳的合唱團社員，是她們自己實力不夠，不也是拿她們在意的事情來傷害她們嗎？」他挑了挑眉。

「哇，好細心呀，你這是要幫她們講話嘍？」我緊咬下唇，故意說出酸言酸語。

「其實妳們每次練習，我都有錄下來，妳要看嗎？」他抽出口袋中的手機。

「你真的是變態，居然偷錄，該不會回家還會聽吧？」我湊到他旁邊，看著他點開手機裡的影片。

「嗯，我回家會聽。」

「靠，你真的是變態。」

幸好開始播放後，並沒有出現我的特寫畫面，影片裡看得到所有合唱團社員，要是影片中充斥我的特寫，我就要考慮遠離康以玄了。

「這邊風聲太大，我聽不太清楚。」手機的音量已經調到最大，我卻聽得模模糊糊。

「靠過來一點，不要說話，妳仔細聽，有個聲音……」康以玄示意我噤聲。

於是我將耳朵朝手機貼近了些，果然聽見有個聲音特別明顯，雖然很好聽，卻無法和其他聲音融合在一起，這聲音太過清亮、太過特殊，從眾多聲音裡直衝而出……

「這是我的歌聲？」我訝異地抬頭看他。

「妳的歌聲很好聽，不過就是太好聽了，所以顯得突兀。」

我垂下眼簾，終於明白馬伊紋的提醒是什麼意思。

影片裡，多數社員的眼中都流露出不滿，看得出她們覺得我很麻煩。

「這是我的錯嗎？」強烈的沮喪驀然朝我襲來。

「不是，但合唱注重歌聲和諧，配合他人很重要，妳不是一個人唱歌，而是和大家一起唱歌。」康以玄從手機裡找出另一段影片，「妳只是需要認真傾聽別人的歌聲，這一點社長就很厲害。」

他按下播放，開頭就是我的獨唱，嗓音清澈響亮，世界彷彿跟著亮了起來；接著輪到其他聲部合唱，她們的歌聲就如剛才我聽見的一樣完美融合，第二段副歌再次由我獨唱，她們的合聲像是輕柔的海浪，穩穩地托著我。

「這樣雖然解決了我歌聲的突兀……」

「但依舊是她們配合妳，不是妳配合她們。」康以玄接著我的話往下說，「不過不用太擔心，這次只是輕鬆的校外交流，現在妳已經察覺到問題，我相信妳會知道如何控制自己的舞臺魅力，不讓光芒太過耀眼。」

「噗。」我笑了出來，「你說什麼？舞臺魅力？」

「是呀，妳在舞臺上太過耀眼，會壓過其他人，妳想想，就算是超級閃亮的北極星，也不會掩蓋其他星星的光芒啊。」

「如果亮度掩蓋得過其他星星，不就是太陽了嗎？你白痴啊？」我沒好氣地說。

「所以妳還要生氣嗎？」他歪頭看我。

「請我吃飯就不生氣了。」我趁機敲竹槓。

「那很簡單。」他再次笑了起來，轉身往另一個方向走，「我知道那邊有間很好吃的蛋糕店。」

「早說嘛！」我興高采烈地跟上他的腳步。

這時，一陣強風突然襲來，我煩躁地整理被吹亂的髮絲，同時瞥見康以玄的上衣也被吹起，露出底下的肌膚。

我正打算嘲笑他，卻察覺到一絲異樣。

在被風吹得不斷揚起的衣襬之下，我彷彿看見康以玄背部的肌膚上攀著一條條深色疤痕。

「好像有東西吹進我眼睛了。」康以玄揉著眼睛轉過身。

「不要揉，小心刮傷眼球。」我趕緊拉下他的手，「用力眨眼睛，讓沙子隨著眼淚流出來就好。」

「被妳講得好可怕。」他勾了勾嘴角。

「康以玄，你……」

「嗯？」

他對我微笑。

那樣的微笑，壓下了我想探究的衝動，我搖搖頭：「要是那間店的蛋糕不好吃，你就死定了。」

「保證好吃。」他說。

風已停歇，我無法再確認那些疤痕是否眞的存在，眼前只見到康以玄的笑容是如此純粹。

回到家後，尙閎正坐在客廳裡看電視，這眞是難得一見的畫面。

「眞稀奇，你竟然會看電視。」我一屁股坐到沙發上，注意到他看的是卡通頻道，而且還是適合學齡前兒童收看的卡通節目，「夕旖和千裔呢？」

「都出去了，今天誰也不在家。」他的聲音聽起來有幾分寂寞。

我側過頭狐疑地端詳他。

「幹麼?你怎麼了?」

「我剛剛在整理以前的東西……」

「家裡是有多亂?需要你一直整理?」我忍不住插話，順便翻了白眼。

這乖小孩就是一刻不得閒，從搬來第一天起，就總是在幫忙整理東西、煮飯、打掃什麼的。

如果眞的把自己當作是這個家裡的孩子，他才不會這麼做。他知道越是這樣，越是讓自己像是隔閡在外嗎?

他苦笑了一下，接著又說：「總之，我忽然想起我們高一那年，我惹爸媽生氣那次，妳記得嗎?」

我當然記得。

那天，尙閎的導師突然過來找我，問我尙閎是不是生病在家休息，我說不是，他有和我一起出門到學校。

然後尙閎的導師便打電話通知爸媽，說尙閎蹺課了。

尙閎是個品學兼優的孩子，從來不會給老師或爸媽添麻煩，但是那天他卻反常地沒有出現在學校。

爸媽擔心得要命，他們馬上放下工作，跑到學校，而我也好不容易聯絡上尙閎。

他和沈品睿結伴蹺課，但他們既沒去不良場所，也沒抽菸打架，就只是單純去外頭晃晃。

我永遠記得站在爸媽面前低垂著頭的尙閎，雖然我看不清他的眼神，不過我知道，他眼裡必定充滿了愧疚和歉意。

可是，我卻覺得他的短暫離開，是想要張開雙臂呼吸。

「你是說你蹺課那次嗎？」

「嗯。」

「尙閎，我一直想問你，你明明一向很守規矩，爲什麼會突然蹺課呢？這很矛盾你知道嗎？你要自己當一個乖小孩，卻又做出這樣的事？」

尙閎垂下頭，嘴角的微笑消失了。

「我沒有要責備你的意思，你知道的，兄弟姊妹之間就是可以彼此分享那些不能告訴爸媽的事，就像我知道夕旖的初吻是發生在什麼時候、千裔說跟朋友出去其實是跟男友……」

「她們兩個眞的那樣？」尙閎很驚訝。

「這是祕密喔。」我伸指抵在唇前，「反正，你就老實告訴我你眞正的想法，不要再裝乖小孩了，我一直都覺得你在勉強自己。你看，我和夕旖都不會主動幫忙做家事，你卻總是主動幫忙，我不是說不幫忙是對的，只是一般來說，自家人多半都會找藉口偷懶，只有客人才會很客氣地說要幫忙。」

了。」

「我……」尚閎開口想要說些什麼，卻頓了頓，「我不會再做出那樣的事讓你們失望

他換上堅定又溫柔的模樣，戴起那副名為「弟弟」的面具。

什麼叫不會讓我們失望？即便他做出什麼不好的事，家人依然會是他永遠的依靠，這就是家人！

但尚閎的話聽起來像是：如果讓我們「失望」了，他就不配做我們的家人。

「孟尚閎！」我生氣地喊，頓時覺得眼前的他陌生無比，我聽見自己的聲音帶著些許顫抖：「不，你叫什麼名字？你的本名是什麼？」

「就叫孟尚閎，這就是我的名字。」

「不對，我說的是你眞正的名字，還有眞實的你！」我霍地從沙發上站起，雙手緊抓他的肩膀，「在家的你是孟尚閎，但在學校的你、在沈品睿面前的你、蹺課的那個你，是誰？你眞正的名字是什麼？」

聞言，尚閎的臉色一僵，他的眼睛變得空洞，目光像是在看著我，又不像是在看著我，我感覺他的身軀隱隱在顫抖。

「我就是孟尚閎，我是孟家人，我是你們的家人……」他喃喃說著，聽起來像在自我催眠。

這個瞬間我突然意識到，我喜歡的孟尚閎，是他所佯裝出來的那個「孟尚閎」，還

是我小時候曾經短暫見過的……那個眞實的他？

「我回來了！」夕旖打開門，興高采烈地進到屋內，把手上拿著的幾個提袋全部放到客廳桌上，「我跟你們說，那家要排隊很久的人氣蛋糕店，我今天總算買到他們家的蛋糕了，快點來一起吃吃看……你們怎麼了？」

見我們之間氣氛詭異，她取下架在鼻梁上的太陽眼鏡，打量著我和尙閎，臉上妝容精緻美麗，宛如日本流行雜誌上的模特兒。

「妳買了什麼蛋糕？」尙閎對她露出笑容，又是那個完美的「弟弟」。

「有你們愛吃的口味喔！」夕旖也跟著笑得眉眼彎彎。

「孟尙閎！」我氣得大叫。他爲什麼要忽視那些問題？

「啊，尙閎，幫我去拿盤子和叉子吧。」夕旖一邊脫外套，一邊指使他。

「好。」尙閎馬上起身往廚房走去。

我正想追在尙閎身後，夕旖卻用力拉住我。

「妳幹麼，妳知道我正問到……」

「之杏，妳是白痴嗎？」夕旖攢起眉頭，壓低了聲音，「妳要逼他說出什麼？難道妳要他坦承他在這個家所表現出的自己是經過僞裝的？」

「妳怎麼……」我驚呼，她怎麼知道我們剛剛在談什麼？

「妳當我和千裔從來沒有發現過這點？妳認爲年滿十歲才來到這個家的尙閎，會由衷覺得自己是家裡的一分子？還是他是因爲感謝我們給了他一個安身之處，所以才堅決不肯做出任何可能會讓這個家丟臉的事？」夕旖語速飛快，不時斜眼注意尙闓是否將要從廚房走出，「如果他認爲當個乖小孩，能讓他更心安理得待在這個家，或是更有歸屬感，那就讓他這麼做，妳懂嗎？」

我睜圓了眼，「我怎麼會懂？爲什麼妳可以講得……這麼冷血？」

「這不是冷血，是另一種溫柔！」夕旖輕嘖了一聲，「我愛他，也眞的把他當作親弟弟看待，就因爲我眞心這麼覺得，才什麼都不說。」

這時，尙闓端著盤子和叉子走了回來。

夕旖瞪了我一眼，暗示我別多說，和尙闓一起把她買回來的蛋糕分別裝到盤中。

看著尙闓和夕旖邊吃蛋糕邊談笑，爲什麼我心中有種苦悶無法宣洩？

說不清哪裡奇怪，但就是奇怪，這一切我都不能理解。

直到千裔回到家裡，我內心那股怪異的感覺還是沒有消失。

坐在客廳慢慢吃完一整塊蛋糕，舌尖卻品嘗不出味道。

我和夕旖即便是親姊妹，都無法理解彼此的想法了，我又該如何理解沒有血緣關係的尙闓？

孟尙闓的本名究竟是什麼？眞實的他又是什麼模樣？

他就像仙杜瑞拉，將眞實的自己藏在閣樓之中，不肯出來。

第六章

雖然只是交流賽，還是必須穿著正式服裝才有禮貌。不過所謂的正式，也只是再多罩上一件制服外套罷了。

康以玄一大早就等在我們班教室外，許蓓菁見到他，免不了又嚇得一陣哆嗦，還不厭其煩地叮囑我別跟康以玄走得太近。我敷衍地對她笑了笑，拿起書包和外套朝他走去，這時我注意到坐在座位上的袁巧霓，她手上雖然捧著一本書，眼角餘光卻不時瞄來。

其實不只她們兩個，班上同學看向康以玄的目光也多半帶著一絲怪異，他們都不喜歡康以玄，同時也懼怕康以玄。

「放心，我們就要走了。」來到走廊上後，碰巧與坐在窗邊的袁巧霓四目相接，我沒好氣地對她擺擺手，康以玄跟在我身後離開。

我們並肩前往合唱團教室，途中我突然覺得有些好奇，忍不住問：「學校裡那些不良少年不管去哪裡，通常都會成群結隊，為什麼你老是獨自一個人行動？」

「表示我不是不良少年吧。」他聳聳肩，隨口答道。

「我知道你不是，但大家覺得你是，那怎麼沒有人主動聚集到你身邊，或是找你一起去打架之類的？」

「也許是因為他們過來找我的時候，我都沒什麼反應吧。」他又聳肩。

「那為什麼你不給出一點反應呢？」

「要有什麼反應？」他反問我，眼眸中流露出困惑。

「我也不知道，就依照你真實的情緒做出反應呀。」

「一直以來，我都是依照我真實的情緒做出反應啊。」

「可是你總是面無表情……」說到這裡，我停頓了一下，才狐疑地問：「難道是因為你這個人沒什麼情緒？」

「要有什麼情緒？」他淡淡地問。

一時之間，我也不知道該怎麼回應才好。

正常來說，一個人不管性格多麼淡漠，多少還是會有些情緒起伏，像是開心、難過、傷心、憤怒等等，這些情緒可能會在臉上表露出來，或是能從眼神中窺得一絲端倪。

但康以玄向來面色漠然，好似對什麼都沒反應，這是不是表示他對所有事情都漠不關心？還是他真的毫無感情？這會不會一種病？

各種猜測在腦中浮現，不過最後我否定了這些想法，因為我看過康以玄笑。雖然次數不多，他偶爾還是會露出笑容。

這樣的他露出笑容時，是不是比任何人都要眞誠？

這樣一想，我忽然覺得好開心。

「之杏。」要下樓梯的時候，我們碰巧在轉角處遇見迎面走來的尙閎。

他手裡捧著一大疊筆記本，一臉訝異看著我問：「妳怎麼會在這裡？」

「我爲什麼不能在這裡？」我歪著頭反問。

尙閎沒有回答，只是緊盯著站在一旁的康以玄，「你們要去哪裡？妳該不會要蹺課吧？妳手裡拿著書包。」

「孟尙閎，你忘了我今天要去校外交流賽？」我翻了個白眼。

「喔。」尙閎淡淡應了聲。

他看起來像是眞的忘了，或者應該說，他本來知道嗎？

「那爲什麼他跟妳一起？」尙閎挑眉。

「社長同意的，和我沒關係。」手機傳來震動，我拿起一看，是馬伊紋傳來的訊息，她催促我快點到合唱團教室進行最後排練，「我要走了。」

「之杏，加油。」尙閎對我微笑。

這一刻，我竟覺得他的笑容十分虛假，和康以玄偶爾露出的笑容相比，尙閎的微笑像是一張隔絕他人的面具。

「嗯。」我覺得胸口好痛，僵硬地對他勾了勾唇角，轉身邁開步伐。

他捧著筆記本朝樓梯上走，我依稀能聽見他離去的腳步聲。

「妳喜歡那個假面男哪裡？」康以玄不是刻意諷刺，只是單純提出疑問。

「我喜歡他曾經的那份眞誠。」我吸吸鼻子。

「對了，好像就是今天，轉學生會來。」

「是喔。」我一點也不在意。

抵達合唱教室之後，馬伊紋要求大家在出發之前，再練唱個幾次，我和其他社員如那天在公園練習般，完美配合。這讓在場沒有參與友誼賽的社員感到非常驚喜，沒料到馬伊紋竟能用這種方式暫時解決我歌聲突兀的問題。

正當我們收拾東西準備到校門口搭車時，卻發現康以玄不知道跑到哪裡去了，他自己消失不說，居然連我的東西一併帶走。

我在附近找了一下，才想起可以撥他的手機，這時空氣中突然飄來一股淡淡的菸味。

這個人眞是欠揍，明明答應過我不會再抽菸的！

他一定是待在初次和我相遇的地方抽菸！

我邊走邊把礙事的長髮紮成馬尾，來到專科教室探頭進去，果然看見康以玄的身影。

「喂！原來你在這裡。」我馬上注意到他旁邊站著一個穿粉紅色水手服的女孩，頓時想起康以玄跟我說過的話，「轉學生？」

「很明顯。」康以玄拉過一把椅子坐下，身體往後一仰，那模樣好像在說：這就是妳弟弟班上新來的女生喔！

我悄悄打量那女孩，長得挺漂亮的，但那又如何？長得美又不代表尚閎就會和她怎樣。

現在有更重要的事情，我瞇眼看著他：「康以玄，你又抽菸？」

康以玄眉毛輕挑，聳了聳肩。

哼，只會用聳肩來迴避不想答的問題！算了，我的嗅覺不會有錯，等等再跟他算帳。

「算了。轉學生，妳蹺課？」我向那女孩搭話。

「跟你們一樣。」沒想到她高傲地回我，那漠然的神情竟和康以玄有些相似。

「才不一樣，我可是公假！」我走進教室，見她手上拿著我的外套，不禁一愣。

大概是因為這女孩一身粉紅水手服走在校園太過顯眼，所以康以玄才把我的制服外套借給她吧。反正我剛才發現有幾個社員也沒帶制服外套，那我不穿外套去交流賽應該也沒差。

於是，我告訴轉學生外套借給她，等她回教室再還給尚閎就好。

她毫不掩飾臉上的不悅與疑惑：「為什麼？」

「他會拿給我。」我擺擺手，然後用力拍了下康以玄，「快點走了啦，要來不及了！」

康以玄拿起我和他的書包，以及他自己的外套，起身跟著我離開。

沒想到會這麼快就見到那個轉學生，而且我一上接駁車，便聽見其他社員在討論那個轉學生的八卦。

聽說她動手打了尚閎班上的女孩，原因為何不得而知，不過我想起她那倔強的眼神，不難想像她會做出如此舉動。

「她和妳弟雖然同班，但本來也許不會有什麼接觸，可是妳剛才要她把外套還給妳弟，反而讓他們有了交集。」康以玄把保溫瓶遞給我，這次裡面裝的是澎大海。

「是誰先把我的外套借給她？」我斜眼瞪他，忿忿地推開保溫瓶，「而且我不是要讓他們有交集，這是給她一個下馬威。」

「喝一點吧。」

康以玄很堅持，我莫可奈何，只好接過保溫瓶喝了一口，雖然溫熱卻不燙口，這小子還挺貼心。

「那是下馬威嗎？妳再怎麼阻撓別的女生接近妳弟，對那些女孩來說，妳都只是他姊姊而已。」

「姊姊很重要啊。」我反駁。

「不要再講話了，等等聊天聊到沒聲音！」坐在最前面的馬伊紋回頭喝斥，車內瞬間安靜下來，只剩下司機大哥播放著的廣播聲。

終於，接駁車在一所高中的校門口停下，車門打開，一行人魚貫下車，已經有一群穿著制服的男女學生站在大門口等我們。

女學生清一色穿著粉紅色水手服，我因此想起剛剛那個轉學生似乎也穿著一模一樣的制服。

「這麼巧，那個轉學生今天從聖中轉到三淵，而我們剛好在今天來到聖中。」康以玄也發現了，他在我身旁喃喃自語，「沒想到是聖中……」

爲了避免過度使用聲帶，我暫時不能說話，於是我直接往他的腳一踩，想藉此傳達心中略微不爽的情緒，卻被他俐落閃過。

「好了，各位，我們先跟聖中合唱團打個招呼，中午吃完便當休息一會兒再開始練習，讓嗓子開一下。」馬伊紋在前方發號施令。

一個穿著淺藍色襯衫和深藍色長褲的男孩走了過來，他笑容陽光，向我們揮手致意：「各位好，我是聖中合唱團的社長，我叫張立貫。」

我們不由得面面相覷，驚訝之情溢於言表，沒料到聖中合唱團的社長居然是個男生，他的耳朵上還有個發亮的耳環。

與其說是合唱團社長，他看起來更像熱音社的社員。

「你好，我是三淵合唱團的社長，我叫馬伊紋。」社長上前和張立貫握手，「之前都是由貴校的合唱團指導老師與我接洽，沒想到社長是男孩子。」

「不能性別歧視呀，我唱得還不錯呢！」張立貫輕浮地笑。

馬伊紋掛著禮貌的微笑，不過眉間微擰，似乎對等會兒的交流有些擔心。

在張立貫的帶領下，我們一行人浩浩蕩蕩進入聖中的校園，稍稍引起聖中其他學生側目，不過上課鐘聲很快響起，大家便各自返回教室。

「我們這邊管得滿鬆的，耳聞三淵是間歷史悠久的名校，想必很多規定都很嚴格吧？」張立貫和馬伊紋走在前方閒話家常，他說話的音量不小，完全無視現在是上課時間。

事實上，即便上課鐘已經響了，各個班級依舊吵鬧不休，朝教室裡面看去，許多學生依然嘻笑玩耍，甚至沒有回座。

「校風再怎麼自由，這樣也太誇張了吧。」我對一旁的康以玄說，卻發現他的表情不太對勁，「你怎麼了？」

「我似乎不該來。」他低聲地回。

「我本來就叫你不要來，可是你幹麼？怎麼突然這樣？」我也跟著壓低音量。

他往前瞄了一眼，隨即縮起脖子，似乎想讓前面的人遮住他的身影。

「你幹麼？」我又問。

康以玄抿唇不想說，這眞是令人不爽，我瞇起眼睛威脅他：「你不講清楚，我就大聲喊你的名字喔。」

「不要鬧。」康以玄連忙橫了我一眼。

難得見到他慌張的模樣，我突然很想笑。

「那你就快說！」我得意洋洋地逼問。

「他是我……」康以玄整張臉幾乎要皺在一塊，「認識的人。」

「蛤？張立貫嗎？」我一時沒控制住，發出了驚呼。

康以玄恨恨地瞪我，所有人都停下腳步，扭頭朝我們看過來，包括張立貫。

「我發誓我眞的不是故意的。」我對康以玄吐了吐舌頭。

我眞的不是故意的，只是我的表情大概很不眞誠又欠揍，所以康以玄一點也不信。

「以玄？」張立貫穿過人群走來。

康以玄偷偷對我做了一個怪表情，隨即站直身體看向張立貫。

「沒想到你會在這裡，你也是合唱團的一員？」張立貫的個子比康以玄略高，他微微挑眉，「怎麼沒聽你提過？」

「我不是，只是來幫忙。」康以玄淡然地說。

張立貫又將眼神掃向我，「這位是……你的女朋友嗎？」

「不……」

「不是！我們是朋友啦！」我搶在康以玄回話前反駁。

「哈哈，原來如此，原來如此啊！」張立貫不知道在開心什麼，點了點頭，又回到隊伍最前方，帶領眾人走到合唱教室。

馬伊紋和其他社員充滿疑惑的目光不約而同朝我投來，我聳了聳肩，表示自己也不知情。

康以玄則閉緊了嘴巴，什麼話都不說。

來到合唱教室後，張立貫說我們可以先自由活動，並告知聖中其他社員晚一點才會過來。

他從桌上拿起一個很眼熟的保溫杯，扭開瓶蓋喝了一口後說：「雖然是簡單的交流賽，但只有雙方社員在場，規模也太小，所以我事先向學校爭取開放同學到場欣賞，誰知道這下不得了，可能大家都不想上課吧，等會兒臺下大概會有一百位觀眾喔！」

「這樣很好呀，張社長真是有執行能力。」馬伊紋雖然略略瞠大了眼睛，不過臉上還是帶著鎮定的微笑。

社員們面面相覷，還好之前有認真練習，不然不就要當眾出糗了嗎？丟臉丟到別校去還得了！

不過這個張立貫怎麼回事，這種事情居然不先通知，難道是有意讓我們難堪？

「喔，我眞討厭澎大海。」張立貫皺眉吐舌，把保溫瓶蓋旋緊放回桌面。

那個保溫瓶怎麼和康以玄帶給我喝的那個那麼像？

「喂，康以玄……」我抬起手肘撞了撞他。

「我不想說。」

「我都還沒問欸！」

「你們感情很好啊。」張立貫這陰魂不散的傢伙，不知道什麼時候又走到我們這裡。

不想在氣勢上輸人，我連忙站直挺胸，可惜徒勞無功，他個子比我高太多，但態度很重要，所以我雙手環胸，想像自己正在對付那些喜歡尙閎的女生，用很機車的聲調回了句：「還可以。」

「哇，妳爲什麼對我有敵意？」沒想到張立貫如此白目，就算感受到敵意也應該心照不宣，這不是待人處事應有的常識嗎？

「我、我沒有啊！」他講得那麼直接，反倒讓我不太好意思。

隱約聽見康以玄在旁邊輕聲嘆了口氣，他站了起來：「立貫哥，她是孟之杏，我的朋友。」

我和張立貫同時驚訝地看向康以玄。

他怎麼會叫同年的張立貫一聲哥？難道是幫派中的前輩？

不對啊，康以玄又不是混幫派的不良少年。

還是張立貫是他尊敬的人嗎？這也很怪啊！

「朋友？」看來張立貫和我在意的點不一樣，「你有朋友啊？」

這句話也太瞧不起人了，我對張立貫的印象分數持續下修。

「這是什麼意思？」我不悅地瞇起眼睛。

「就是字面上的意思，我沒想到那個總是躲在角落的康以玄會交到朋友。」張立貫毫不避諱地高聲說，所有三淵合唱團的社員都聽見了。

她們交頭接耳，目光全掃了過來。

「你──」一簇火苗在心底點燃，我氣憤地想回嘴。

「我們先吃便當吧！張社長，請問便當在哪裡？」馬伊紋適時跳出來岔開話題，她端著禮貌的微笑，但雙手悄悄緊握。

張立貫臉上笑容未退，目光在我身上打量了一陣子，才對馬伊紋說：「便當已經送來嘍，和我一起去提過來吧。」

「沒有問題。」馬伊紋鬆了一口氣，跟著張立貫走出合唱教室。

他們一離開，社員們雖好奇，卻也不敢多問，而我立刻拉住想往外走的康以玄：

「你要去哪裡？」

「我要回學校。」

「回什麼學校，你請公假出來的，你想跟過來就跟，想回去就回去喔？」我順勢捏了他的手臂一下，「你和那個張立貫是什麼關係？他也太討人厭了吧！難道是你國中同學？你們以前打過架？」

「都不是，就字面上的意思。」康以玄壓低聲音，東張西望，似乎怕被其他人聽到。

我索性扯著他走出合唱教室，就算不熟悉聖中的環境，還是該找個隱密的地方才方便說話……怪了，怎麼已經走到走廊盡頭，卻還是找不到一處合適的場所？穿著三淵制服在這裡隨意走動也太顯眼了。

「你們是外校生？」忽然，一個聖中的男生向我們搭話，他手裡捧著投影機，戴著眼鏡的臉看起來很清秀。

「對，很明顯不是嗎？」這不是廢話嗎？我們都穿著三淵的制服了。不過，稍早我也問過那個轉學生是不是轉學生這種類似的廢話。

每個人每天對他人說出的問候，大概有七成都是廢話，例如在電梯遇見提著垃圾的鄰居，笑著問他是不是去倒垃圾，這是問候，但也是廢話。

對方沒有因爲我不甚友善的態度感到不悅，只是笑了笑，「我沒記錯的話，下午合唱團有場比賽，你們三淵就是對手吧？」

「是，現在可以請你告訴我，你們學校哪裡有比較適合講話的地方嗎？」我撇了撇嘴，聖中的人還眞是都不怎麼討喜。

「可以說話的地方到處都是，但如果不想讓人聽到，那就去後門吧。」由於他雙手捧著投影機，所以沒能指點方向，只是口頭說明該怎麼走。

「謝謝你。」雖然我的語氣一點也沒有道謝的感覺。

「不客氣。」他微笑，沒有多問便轉身離開。

「奇怪的人。」康以玄望著對方的背影。

「你哪有資格說別人奇怪，你最奇怪！」我嘖了聲。

「妳也沒資格說別人。」他頂了我一句。

我拉著他來到所謂的後門，附近種植了許多樹木，的確挺隱密，樹木繁茂的枝葉正好可以遮掩我們的身影。

我鬆開康以玄的手，沒好氣地盯著他：「所以呢？說清楚喔。」

他雙手插入口袋，擺出一個好像很帥的姿勢：「爲什麼要告訴妳？」

「我什麼都告訴你了，你怎麼能不告訴我？」

「妳告訴我，我不見得要告訴妳。」他皺起眉毛。

「沒有這樣的，給我說喔！」我不客氣地捏他臉頰，他趕緊抓住我的手腕。

「妳要我說什麼？」他語氣無奈。

「張立貫是你什麼人啊！」

「妳幹麼這麼在意？」他又露出那種極少見的驚慌表情，我怎麼能不在意。

「快給我說，不然我直接去問張立貫！」我不耐煩地跺腳。

他拿我沒辦法，嘆了口氣，垂下眼簾：「他是我哥。」

「啊？」我再次驚呼。

他眼明手快摀住我的嘴，「妳小聲一點，不要每次聽到什麼驚訝的事就這麼大聲，妳到底是不是故意的？」

我推開他的手，忙不迭地解釋：「當然不是，我是真的很驚訝。等一下，你們姓氏又不同，他怎麼會是你哥哥？」

「妳和孟尙閎姓氏一樣，也不是真的姊弟啊。」他扯動嘴角，輕蔑一笑。

「欸，不是這樣類比的好嗎？」他真的很會戳我痛處，「所以你們沒有血緣關係？你也是被領養的孩子？」

他緩緩點頭，然後側過臉，「其他的我不想說，可以嗎？」

不知道爲什麼，康以玄的神情看起來有些哀傷，雙眼似乎帶著懇求，還隱含一絲畏怯。

「好，我不問了。」見他這副模樣，我不忍心逼迫。

他如釋重負地揚起唇角，輕輕說了聲：「謝謝。」

我跟在他身後回到合唱教室，一路上都在思索，每當他聽我提起尙閎，聽我說自己喜歡那個沒有血緣關係的弟弟時，他心裡是怎麼想的呢？

而他若有似無地調侃我和尙閎的關係時，又在想些什麼呢？康以玄時常面無表情，是個難以解讀的人，認識他的時間不算短了，我以爲自己很理解他，現在才發現其實根本什麼都不知道。

還有，尙閎、夕旖與千裔也一樣。

原來我從來都沒有了解過身邊的人。

體認到這一點，莫名的沮喪像一片烏雲籠罩了我。

見康以玄和我一前一後回到教室，張立貫臉上又浮現那種討人厭的輕佻微笑。

康以玄向他禮貌性地點點頭，靜靜走到後方的座位坐下，我正要跟著過去時，卻忽然被張立貫抓住手腕，我嚇得雙肩一縮。

「你們兩個的便當沒拿。」他手裡拿著兩個便當。

「謝謝，但你可以用講的就好，不需要碰我。」我很快恢復鎮定，用力甩開他的手，接過那兩個便當。

「聽說妳是合唱團的王牌呀，眞期待聽見妳的歌聲。」他瞄了眼被我甩開的手，勾起微笑。

我理都不想理他，只見馬伊紋在旁邊輕輕搖頭，誰也想不到難得的交流賽會變成這樣吧。

「吃飯！」我把便當放到康以玄面前，他搖搖頭，一副沒胃口的模樣，看得我心裡有氣，「給我吃喔，便當雖然是聖中招待的，不過也是花錢買來的，而且你是怎樣，看到哥哥就不吃東西了？你是小孩子喔！」

雖然不高興，我還是刻意壓低了聲音，見他沒反應，我逕自一屁股坐到他旁邊，打開手中的便當，瞬間眼睛一亮：「雞腿便當欸！菜色還不錯，是想讓我們吃太飽，等會唱不出聲音嗎？」

反正張立貫現在不管做什麼，我都看不順眼，什麼都要念一下。

「我喜歡雞腿便當。」康以玄小聲說，終於動手打開便當。

「爲什麼他們兩個人是雞腿便當？」某個社員的聲音忽然傳來。

我環顧四周，注意到大家便當裡的主菜有排骨、炸魚，就是沒有雞腿。

我忍不住抬頭看向張立貫，發現他正微笑看著康以玄咬下一口雞腿，下一秒，他察覺到我的視線，立刻對我眨了眨眼，模樣十分輕浮，彷彿剛才那看似關愛的眼神只是我的錯覺。

吃完便當後，聖中的合唱團社員陸續到來，意外的是，我們三淵合唱團的社員清一色都是女生，聖中卻是男女各半。

「你們有特別挑選過嗎？」馬伊紋的疑惑和我一樣。

「沒有呢，就是這麼剛好，男生女生都對合唱有興趣，所以很自然就聚集在一起了。」張立貫一派輕鬆，「我們移駕到小禮堂吧。」

我走在康以玄旁邊，不知道是不是因為吃了雞腿飯，他一臉滿足，嘴角噙著淺淺笑意，那模樣真有點可愛。

到了聖中的小禮堂，我有些驚訝，這個禮堂明明一點也不小，而且臺下的觀眾也不只一百人，甚至還有幾位老師，這是怎麼回事？

「這是友誼交流賽的規模嗎？」馬伊紋也被眼前的觀眾人數震懾到。

「是呀，如果是真正的比賽或是社團發表，人數會是這個的十倍喔。」張立貫驕傲地笑著。

連馬伊紋都有些嚇到，更別說一年級社員了，她們還沒有任何比賽經驗，馬上就要在這樣的大型場地登臺表演，讓她們更加緊張。

「沒關係，我們已經練習過很多次了，沒問題的。」我趕緊對她們精神喊話。或許是因為我不像是會說出這種話的人，社員們都一臉不可思議。

「可是，現場這麼多人，我會緊張。」其中一個社員抖得很厲害，好像快要哭了。

「上臺以後妳只要盯著社長看，然後想像自己是在我們的社團教室唱歌就好，其他什麼都別想。」我安慰她。

「但如果走音或是漏拍怎麼辦？」另一個社員舉手問，語氣有些畏縮。

「只要依照平常的水準發揮，絕對沒有問題的，大家只要看著社長就好。」我用力拍了兩下手，「我還要獨唱呢！我的聲音這麼奇怪，我都沒緊張了，妳們緊張個屁！」

此話一出，所有社員都笑了起來，緊張的氣氛頓時消散。

「學姊，妳的聲音才不奇怪。」社員一號說。

「是呀，學姊，妳的聲音很好聽。」社員二號說。

「等一下加油呀，學姊，妳一定也沒問題的！」社員三號說。

「學姊，其實我每次都是聽著妳的歌聲在抓音準，如果這次交流賽妳沒來的話，我眞不知道該怎麼辦。」社員四號說。

她們你一言我一句地說著，我一時反應不過來，沒料到這群一年級生會對我說這些話，反倒是我被大家給鼓勵了。

討厭，我怎麼有種想哭的感覺，鼻腔好酸，可是現在不能哭，這樣太糗了。

「以前拖累了妳們大家……」我有些不自然地說。

「才沒有這種事情呢，妳可是我們的王牌、我們的驕傲。」馬伊紋的手搭上我的肩膀，其他社員們紛紛點頭如搗蒜。

噢，天啊！這下子我眞的想哭了。

「爲什麼要在我們學校上演妳們的青春戲碼呢？」張立貫雙手環胸，又露出那輕佻的笑容，其他聖中的社員也暗自偷笑。

這種氛圍實在詭譎，看來今天根本不是來進行交流賽，而是來打架的吧。

「我們選唱的歌曲是〈明天會更好〉，既然我們是主場，就讓我們先表演吧？」張立貫說。

「沒有問題。」馬伊紋答應。

於是在主持人——沒錯，連主持人都有——的介紹之下，聖中的合唱團員率先站上舞臺。

我原本以爲張立貫是指揮，但他卻加入第二聲部，臺下的觀眾爆出一陣幾乎能掀破屋頂的歡呼與尖叫，讓人有種他們不是合唱團，而是什麼當紅流行樂團的錯覺。

隨著聖中合唱團的歌聲響起，我隱隱泛起了雞皮疙瘩，不得不說他們唱得挺不錯的，各聲部的合音也非常和諧。

張立貫一反方才的輕浮，認眞歌唱的樣子還挺有模有樣的。

一曲唱畢，臺下響起熱烈掌聲，聖中合唱團所有社員帶著自信的微笑鞠躬致意，不疾不徐地步下臺，依序入座。

我們全體社員從座位上起立，列隊準備登台，康以玄用嘴型對我說了聲加油，我則對他豎起拇指。

目光一轉，瞥見張立貫對我露齒一笑，他也學康以玄對我說了句無聲的加油，我立刻撇過頭不理會他。

「接下來歡迎遠道而來的三淵高中合唱團，今天爲大家帶來的歌曲是〈爲愛癡狂〉！」

主持人的聲音聽起來好遙遠，我只覺得心臟撲通撲通跳著的聲音異常清晰。

在舞臺中央站定後，一股巨大的不安忽然湧上心頭。

社長也是一臉緊張，她先轉身對臺下觀眾敬禮，待掌聲響起，才回過身抬起雙手。

深吸一口氣，我閉眼在心裡告訴自己別怕，再睜開眼睛時，我看見康以玄坐在人群中，他神情堅定，對我微微頷首。

周遭的喧鬧彷彿突然遠離，耳邊安靜得只剩下自己的吐息聲，我將視線移到馬伊紋身上，除了她，我眼中什麼都看不見。

鋼琴的伴奏聲響起，我跟著馬伊紋的指揮手勢開口。

想要問問你敢不敢　像你說過那樣的愛我
想要問問你敢不敢　像我這樣為愛癡狂

聽見自己清亮的聲音迴盪在禮堂裡，我的心神安定下來。

我依稀看見張立貫瞪大了雙眼，那群聖中的學生也一臉訝異，目光齊齊落在我身上。

見我的歌聲引起的反應如此之大，其他社員瞬間信心大增，她們跟隨節拍開始合唱，宛轉悅耳的歌聲再也沒有一絲徬徨。

如果愛情這樣憂傷　爲何不讓我分享
日夜都問你也不回答　怎麼你會變這樣
想要問問你敢不敢　像你說過那樣的愛我
像我這樣爲愛癡狂　到底你會怎麼想

〈爲愛癡狂〉詞／曲　陳昇

當我們唱完最後一句歌詞，那如雷的掌聲與激昂的歡呼，讓我臉上的笑容完全無法隱藏，差點就對著臺下目瞪口呆的張立貫比中指。

然而，最終吸引我全部注意力的，是奮力拍手的康以玄。

他眼眶泛紅，我看不清楚他是否真的落淚，但那張掛著淺笑的面容隱隱含著憂傷，讓我覺得好難受。

不知道是不是我的錯覺，康以玄似乎在哭，在心裡哭。

苦澀的滋味在喉頭蔓延開來，結果我的眼淚先掉了下來。

社員們衝過來抱住我，開心地放聲尖叫。

站在臺上的我，目光始終停駐在康以玄身上，希望他也可以感染到我們的快樂。

第七章

我今天得知了那個轉學生的名字，她叫柴小熙。

之所以會知道，是因爲我去尙閎的班上找他，想提醒他今天放學不可以拖拖拉拉，要準時離校，因爲爸媽難得要和我們四個小孩一起到外面餐廳吃飯。爸媽一起。

我都快想不起來有多少年沒有這樣過了！

雖然在我們四姊弟的訊息群組裡，我已經表達過自己有多驚訝、多開心，不過我還是想親自和尙閎分享這份快樂。

來到他的班級，我注意到轉學生就坐在窗邊的座位，她手裡拿著的那本小說，恰巧我前兩天才剛看完，所以我很自然地向她打了招呼。

她依舊和初次見面時一樣神情冷淡，看起來不是很好相處。

我原本不覺得怎樣，卻在尙閎的一句話後，忽然察覺到不對勁。

隨口和轉學生聊了幾句關於小說的事，我瞥見尙閎往窗口看來，於是反射性放聲大喊他的名字，轉學生隨即不悅地抬手摀住耳朵，這行爲眞是沒有禮貌。

然而尙閎竟開口對我說：「妳小聲一點，柴小熙都要聾了。」

轉學生的名字叫柴小熙。

其實這句話沒什麼，只是身爲女人的第六感告訴我，事情不太對勁，畢竟這是尚閦第一次幫別的女生說話。

不過這樣就算幫她說話嗎？

我也不太確定，總之，我就是覺得奇怪。

回到教室後，我唉聲嘆氣的模樣引來許蓓菁的注意，她眨眨眼睛，八卦地問我發生什麼事情。

見我無心理睬她，她哼了一聲：「那我有個八卦，想聽嗎？」

「妳說說看啊。」我心不在焉地回應。

「上次你們在聖中那場交流賽之後，康以玄其實不是不良少年的這個傳聞在一年級裡炒得沸沸揚揚。」

「啊？雖然他本來就不是不良少年，可是爲什麼這件事會忽然引起討論？」我放下手裡轉著的筆，終於正眼看向許蓓菁。

「因爲聽說他聽完妳們的演唱後，感動到哭了。」她掩嘴偷笑。

原來不只我看見，也不是我的錯覺，他眞的哭了？

「妳們合唱團的一年級生覺得他的反應很可愛，原本只是幾個人在聊，後來不知怎麼的，就變成全一年級的熱門話題了。」許蓓菁悠哉地蹺起腳，「不過他不是常常去聽妳們唱歌嗎？爲什麼到聖中才感動得哭出來？」

「誰知道。」我聳聳肩。

「孟之杏，妳今天是值日生！」袁巧霓冷不防走過來，一臉不悅地指著黑板，上面留有前一堂課老師的板書。

「還有人在抄筆記呀，我等一下會擦的。」我瞄了眼旁邊還在抄筆記的同學，「而且妳又不是衛生股長。」

「不是衛生股長就不能提醒妳該做什麼事情嗎？」她冷冷回了一句，不等我應答就扭頭離開。

「她脾氣這麼大幹麼？我有惹到她嗎？」我不解地問許蓓菁。

「我哪知，要問妳自己吧。」她嘴角往下一拉，「我不喜歡她。」

「我也不怎麼喜歡，不過無所謂。」我滿不在乎地瞥了眼袁巧霓的背影。

中午時間，康以玄又過來找我一起吃便當，當時我正在教室後面整理垃圾，所以沒注意到他，是袁巧霓走過來叫我。

「之杏同學，有人找妳。」詭異的是，她的口吻過分溫和有禮。

我一時間反應不過來。

這是早上那個凶巴巴的袁巧霓嗎？她是有什麼毛病？情緒起伏要不要這麼大啊！

「妳要拿去丟嗎？」站在教室後門口的康以玄出聲問。

「沒有，只是整理一下。」我注意到他手上提著一個藍色袋子，「那是便當嗎？」

他有些不好意思地點頭，我立刻靠過去：「你居然帶了便當，而且還是熱的，怎麼回事？」

「妳的手才剛碰過垃圾欸！」他皺眉嫌我髒，「早上我出門的時候，立貫哥把這個交給我。」

「唉唷，你那討厭的哥哥喔？」一想到張立貫假笑的模樣，我就覺得反胃。

「他是我哥。」康以玄看起來不太高興。

「好啦，我不該這樣說你的家人，我道歉。」我拍掉手上的灰塵，「所以你是要一起吃便當的意思嗎？」

「嗯，不然我一個人在教室吃好怪。」

「你可以跟我們一起吃啊！」從廁所回來的許蓓菁忽然插話。

聞言，不只康以玄，連我都受到不小的驚嚇。

這女人之前不是還怕他怕得要死，怎麼現在約人家吃飯了？

「誰要跟妳吃。」不用等康以玄拒絕，我這就先幫他推掉。

「哈哈哈。」看來許蓓菁也不是認眞的，她笑了笑就走回自己的座位。

「我們去中庭吃吧，等我拿個便當……不，我先去洗手。」

來到後走廊洗完手，我回座提起便當袋，正要往後門走時，卻望見袁巧霓拿著便當在和康以玄說話。

「我也可以和你們一起吃嗎？」她輕聲細語地問，雙頰浮現可疑的紅暈。

哇靠，今天是怎樣？吃便當大會嗎？所有人都想要一起吃便當！

康以玄的表情顯得很困擾，我趕緊走過去拽著他離開，並回頭對舉止怪異的袁巧霓說：「我們只想要兩個人一起吃啦！」

不等袁巧霓反應，我急匆匆地一路推著康以玄步下樓梯，因爲太急還踉蹌了幾步，差點從樓梯上跌下去。

「你怎麼回事啊，忽然受歡迎啦？」

「我才想問妳知不知道是怎麼回事。」他無奈地摸摸鼻子。

康以玄說，最近常有不認識的女生主動和他打招呼，如果對方是合唱團社員，他也認得出來的話，就會點個頭致意，然而這樣的舉動引來更多女生對他早中晚請安。

「你的受歡迎期到了！」我把早上許蓓菁告訴我的話轉述給他聽，一定是因爲他在交流賽現場哭了，才會萌翻眾多女孩。

「我沒有哭。」他的耳根瞬間變紅。

「少來了，我知道你哭了，你也太感動了吧！」我一邊調侃他，一邊掀開便當蓋。

「囉嗦。」他嘖了聲，也打開便當，主菜是隻烤得酥脆噴香的雞腿。

「哇，你眞的這麼喜歡雞腿啊？」我盯著那隻雞腿猛呑口水，康以玄卻毫無反應。一抬頭，居然看見他的眼中泛著淚光。

「天啊，你幹麼？不過是一個雞腿便當，不至於吧？」我手忙腳亂地從便當袋抽出衛生紙遞給他。

「我……他們從來都不知道……」康以玄喃喃自語，堅持不肯接過衛生紙。

「什麼？」我靠近他，豎耳傾聽。

「爸媽他們不知道我喜歡雞腿，只有立貫哥……」

我回想起那天在聖中吃的午餐，「欸，不知道你有沒有發現，那天只有我們兩個是雞腿便當喔，該不會是張立貫特地為你準備的吧？」

「他又不知道我要去。」

「他可以臨時加訂呀，或是他原本就訂了兩個雞腿便當給馬伊紋和他自己，結果發現你竟然來了，就理所當然地讓給你。之所以會直接給我兩個，是怕你沒拿到雞腿那一份……」我自顧自地推敲給他聽。

康以玄默不吭聲，拿著筷子撥弄便當裡的菜。

「你不想說可以不用說，但我還是想知道，你是幾歲到他們家的？為什麼沒有改姓張呢？」

他無視我的提問，逕自夾起雞腿送入嘴裡緩緩咬了一口，低下頭不發一語。

看樣子，他是眞的不想說，我只能聳聳肩，從自己的便當裡夾起一塊烏賊放進他的便當，順便看看他那邊有沒有我感興趣的菜色。

嚼了幾口，我放下筷子，眺望遠方，幾個男孩沿著操場奔跑，不知名的鳥兒從天空飛過，微風吹得樹葉沙沙作響，眼前的世界如此和諧美麗。

「七歲。」在便當吃了將近一半的時候，康以玄忽然冒出這句。

「這麼小？那你……和張立貫怎麼感覺不太親？」我先是一愣，才開口問。

「那畢竟不是我眞正的家，我很感謝他們，也很喜歡他們，不過身處其中就是有點不自在，感覺那邊不屬於我。」

康以玄七歲就成爲那個家的一員，還會有這樣的感覺，那十歲才來到我們家的尙閎心裡又是怎麼想的？

「他們沒有要你改名嗎？像是改姓張或是……」

「康以玄是我的名字。」他抬頭，目光幽幽地望著我，「如果連這個名字都沒了，我的自我彷彿也會跟著消失。」

這句話像把巨大的鐵鎚，重擊我的心臟，溫熱的淚水毫無預警地湧上我的眼眶。

康以玄連忙放下手中的便當，從口袋拿出面紙交給我。

「哭什麼？」

「因爲、因爲尙閎被我們改過名字了，他也改姓孟了，那他的自我……是不是已經被我們抹煞了？」我抽抽噎噎地問。

那天在客廳裡，尚閎喃喃自語的模樣歷歷在目，我雖然想忘記，但那一幕始終在腦海中盤旋不去。

「每個人都不一樣。」他見我沒有接過面紙，便抬起手，用面紙輕輕按壓我的雙頰，幫我擦掉淚水。

「但也許尚閎其實和你一樣，可是我連他的本名都不知道……他不肯說，什麼都不肯告訴我！」我忍不住放聲大哭，把那天在家中客廳發生的事情，一五一十告訴康以玄。

一直以來，尚閎都是一副乖孩子的模樣，始終忠實地護衛著我，今天早上他卻破天荒地幫柴小熙說話，那樣的他顯得如此熟悉，又如此陌生。

我頓時覺得自己根本不了解任何人。

「我也不了解你。」我邊哭邊用力搥了康以玄的肩膀一記，「爲什麼你們都要這樣隱藏自己，你們有想過在乎你們的人的心情嗎？有想過我領悟到自己一點也不了解你們的時候，我有多害怕嗎？」

「我不知道妳對我也會有這樣的心情。」康以玄拉住我的手腕，神情詫異。

「那當然呀，我們是朋友！」

「那孟尚閎呢？」

「他是我弟弟……不一樣。」他明明知道是哪裡不一樣。

「說不定是一樣的。」惡作劇的笑容在他臉上綻開，康以玄笑彎了眼睛，握住我的手。

「你幹麼?笑什麼?」我想抽回手，他卻緊緊握著，邊用另一隻手繼續幫我擦拭頰邊未乾的淚水。

「我笑妳其實蠢得天真，單純得可愛。」

「蛤?我警告你放開喔。」我氣鼓鼓地說。

「幫妳擦完眼淚就會放開，所以妳別哭了，好嗎?」他話聲輕柔，像是在哄年幼的孩子。

「我已經沒有在哭了，你快點放開!」我略略掙扎，力道卻又不能過猛，以免放在膝蓋上的便當掉下來。

「也不要再哭了，知道嗎?」

這口吻是怎麼回事?這帶著溫柔笑意的表情又是怎麼回事?

他總算放開我的手，我趕緊側身面向操場，躲開他的視線，垂下頭吃飯，幾乎要把臉埋進便當裡。

康以玄也端起便當緩緩吃著。

「你說你和尚閎一樣……是什麼意思?」專心吃便當好一會兒，我才悶聲問。

「也許我和他的處境很像，也許妳對他所懷抱的情感，和對我的一樣。」

「你的意思是……你覺得我喜歡你？」我瞠大眼睛，這可不能裝作沒聽到。

「或是反過來，或許妳對孟尚閎的感情不是愛情。」

我沉下臉，不是很高興地反駁：「不要懷疑我對他的感情，你是唯一知道這件事情的人，所以拜託，不要連你都否定我。」

他盯著我的眼睛，彷彿還有千言萬語想說，但最後只是點點頭。

「就算戴著面具，讓大家看不清面具底下的表情，不過胸膛裡的那顆心是眞誠的，這一點不會有錯。」

離開之前，康以玄淡淡地這麼說。

不管他說的是尚閎或是他自己，這些話都給了我一絲安慰。

後來整個下午，康以玄都沒有再來教室找我。

打掃時間，袁巧霓跑來問我康以玄怎麼了，我反問她才怎麼了。

「妳幹麼忽然這麼關心他？難道因爲那些傳言，所以連妳也對他產生興趣了嗎？」

我邊說邊看向在旁邊掃地的許蓓菁，她對我吐舌傻笑。

「別把我跟那些輕浮的女生相提並論！」沒想到袁巧霓居然生氣了，踩著重重的腳步轉身離開。

許蓓菁下巴靠在掃把長柄的頂端，歪著頭問：「她剛剛是拐著彎罵我嗎？」

「沒有拐著彎，很直接的就是罵妳。」我豎起食指，對她搖了搖，「妳也是見一個愛一個的那種類型。」

「帥哥多多益善，多喜歡幾個有什麼不好？反正我又還沒結婚。」許蓓菁嘿嘿笑著，「不過袁巧霓的反應也太詭異了吧，她喜歡康以玄嗎？」

「我哪知道，如果她真的喜歡上康以玄，那也很奇怪吧，她和康以玄完全是不同類型的人。」

「本來就不一定會喜歡上跟自己同一類的人吧，比較奇怪的是，像她那樣的乖乖女怎麼會喜歡像康以玄這種『前不良少年』？」

「康以玄不是不良少年啦，妳這個白痴！」我舉起拖把打掉她手上的掃把。

「欸，幹麼啦！」許蓓菁不甘示弱，抄起掃把追打我。

「不要鬧了啦，這種幼稚的行爲是男生在做的！」我喊著，一旁的男同學發出噓聲。

「誰先幼稚？」許蓓菁忽然伸手偷襲，往我的手臂重重一拍。

「好痛喔！妳這女人！」我哀叫，摀住被她的鐵砂掌打過的地方。

「不跟妳鬧了，講眞的，我早就覺得袁巧霓怪怪的，妳有機會注意她一下，尤其是妳跟康以玄在一起的時候。」許蓓菁邊說邊斜眼偷覷正在擦窗戶的袁巧霓。

「好吧，我會特別留意的。」

雖然嘴裡這麼答應，可是就算袁巧霓真的喜歡康以玄又怎樣？這件事情我知道或不知道都沒什麼差別吧。

✦

放學鐘聲一敲，我立刻背起書包，並傳訊息告訴馬伊紋我今天不能過去練習，原本還想傳給康以玄，但想起他整個下午都沒有來找我，中午吃飯時也神情有異，我的內心忽然有了奇怪的疙瘩。

罷了罷了，不聯絡他也沒關係吧？

反正他在教室和社團都沒有見到我，應該就會自己回去了吧？

說不定他今天根本不會來找我，我何必要先打電話通知他，好像我很期待他過來似的。

這麼一想，我便覺得坦然許多，趕緊直奔尙閎的教室，今晚可是要和爸媽一同吃飯，絕對絕對不能遲到。

快跑到尙閎班上時，我遠遠就看見尙閎已經背好書包站在教室後門，眼睛卻望向教室裡。

我放輕腳步走近，發現沈品睿和柴小熙正站在那裡。

柴小熙微微低頭，而沈品睿看起來很慌張，尙閎開口說：「電視劇上有演，可以用水煮雞蛋敷瘀青。」

這一幕讓我很不愉快，並不是尙閎和其他女生說話就會讓我不開心，關鍵是尙閎的態度。並非我的錯覺，他對柴小熙似乎眞的比較照顧。

「什麼雞蛋？」我故意上前大聲插話，然後拉起尙閎的手，「不是跟你說過不要拖拖拉拉的？快點走了，不然來不及。」

我不想讓他在這裡多待一秒鐘，拽著他就要離開。

「明天見了。」尙閎對他們兩個揮手，露出笑容。

我連基本的禮貌都不顧，拉著尙閎的手匆匆邁步，頭也不回。

沈品睿道再見的聲音在背後響起，卻始終沒有聽見柴小熙出聲，可以的話，我也不想聽見。

一路半走半跑到校門口後，尙閎才問：「爲什麼這麼急？」

「不是跟你說了嗎？難得爸媽要和我們一起吃飯耶！」

「我知道啊，但不會連和品睿他們閒聊的時間都沒有吧？爸媽和我們約七點半，這時間都還夠我們先回家洗澡換衣服再出門。」尙閎居然跟我抱怨。

「你就這麼想和那個柴小熙聊天嗎？」我氣得口不擇言。

「我又沒有這樣講。」尚閎輕輕笑了起來。

不要。

不要因爲其他女生而微笑。

「快點走了啦！」我扭過頭直接招了一輛計程車。

「我今天只有帶一百塊耶！」尚閎慌張地喊。

「我有錢啦！」

坐在計程車裡，沿路我都覺得很煩躁，完全不想和尚閎說話。

一回到家，我隨便把書包往地上一丟，直接拿了換洗衣服就衝往浴室，完全不理會尚閎在後頭喊我。

等我洗完澡走出浴室，回到房間，發現尚閎已經把我的書包好好地放到書桌前的椅子上了。

心中那股鬱悶已經消退了一半，這時我反而覺得自己有些丟臉，幹麼要這麼生氣。

「喂，換你去洗澡。」可能是因爲愧疚吧，我放軟了聲音對他說。

「千裔說她直接過去，夕旖說她已經在餐廳附近逛街了。」尚閎把手機螢幕轉向我，「其實直接出門就好了吧，妳爲什麼要先洗澡？回來不是還要再洗一次嗎？」

「你管我。」對我來說，今晚這頓晚餐是很重要的場合啊，難得全家都在。

「好，那我也去洗澡好了。」他似乎明白我的心情，笑著拿了浴巾往浴室去。

那微笑是眞心的嗎？

我不免開始揣測他所有表情背後的意義。

確認浴室傳來嘩啦啦的流水聲後，我才躡手躡腳進入他的房間。

我只是想再確認一件事。

我想知道我在國中時看過的「那個」，升上高中後，是不是仍然存在？

尙閎曾經在書包內裡用立可白寫下我們三姊妹的名字，那時尙閎愛著我們的心令我深受感動。然而如今回想起來，我卻覺得他也許隱藏了眞實的自己，那他對我們的那份愛是眞實的嗎？

心臟跳得飛快，我戰戰兢兢地翻開尙閎的書包。

映入眼簾的是用立可白寫出的三個名字——之杏、夕旖、千裔，與國中那時如出一轍。

我不由得笑開了臉。

他對我們的那份愛沒有改變，即使我感覺他越來越疏離、越來越陌生，他對我們的愛仍然不變。

「就算戴著面具，讓大家看不清面具底下的表情，不過胸膛裡的那顆心是眞誠的，這一點不會有錯。」

康以玄這個笨蛋，說的話還真是沒錯。

於是我心滿意足地回到自己的房間，將頭髮紮成馬尾，換上一套漂亮的洋裝，還穿了新鞋，背著小圓包坐在床邊。

過了一會兒，尚閎敲門而入，見我這一身打扮，略略睜大眼睛。

「妳這麼隆重？」

「那當然，你有google過那間餐廳了嗎？是高級餐廳耶。」

「那我是不是要穿西裝？」他打趣地說。

「你不覺得我這樣很像仙杜瑞拉嗎？穿得漂漂亮亮去參加宴會。」我站起來，原地轉了一圈。

「然後一到十二點，魔法就會消失嗎？」尚閎微笑。

「哼，怎麼可能消失。」我笑著走到他身邊，勾起他的手，雖然他沒穿西裝，但至少是襯衫，看起來還像個王子。

不對，尚閎是男版的仙杜瑞拉，所以我才是公主。

「笑什麼呀？」

「開心，不行？」我挑了挑眉。

「當然可以。」尚閎也挑了挑眉，任由我勾著他的手，與我並肩走出家門。

和家人會合之後，我看得出來不只我，連千裔和夕旖也很重視今晚的聚餐，因爲她們同樣穿得比平常漂亮，臉上的妝容也比平時濃一些。

寬敞的包廂中，天花板上懸掛著華麗的吊燈，我們一家五口圍繞著長形餐桌而坐，大概是因爲包廂的裝潢太精緻的緣故，畫面美得彷彿像置身童話故事。

媽媽問起我們每個人近日的生活，夕旖興高采烈地描述大學生活有多快樂，千裔則是在考慮畢業後要升學還是就業。當爸爸詢問尚閎最近過得如何時，尚閎緊張地回說自己沒有再蹺過課。

「我年輕時也曾蹺課過，別太介意了。」爸爸輕鬆一笑。

大家聽了都忍俊不住，笑了起來。

啊，我好喜歡這樣的感覺，夕旖吱吱喳喳地分享日常瑣事，千裔時不時吐槽或贊同，爸爸和媽媽柔聲交談，此時尚閎的笑容看起來也沒那麼虛僞，這樣幸福的畫面好珍貴，眞希望這頓晚餐永遠不要結束。

即便爸爸頻頻看手錶的模樣很令人寂寞，即便我注意到媽媽一點都不在意爸爸的舉動。

不過餐桌上的氣氛依然是和諧愉快的，就好像合唱團的歌聲一樣。

只是，那些一開始被刻意忽視的雜音並不會就此消失，只會越來越明顯，直到不得不去正視。

就在飯局將近尾聲時，千裔忽然問了：「今天有什麼特別的事情嗎？」

「怎麼這麼問？」媽媽拿起餐巾優雅地擦了擦嘴。

「不然怎麼會全家一起用餐？」千裔直白地說。

「這不是理所當然的事嗎！」我不禁反駁。千裔爲什麼要這樣說？氣氛明明很快樂呀！

「之杏。」夕旖瞇起眼睛對我使眼色，要我忍住脾氣。

「可是……」我朝尙閎看去，他也板起臉，嚴肅地看著我。

我只好把不滿和疑問全吞到肚子裡，忿忿地拿起叉子戳了戳盤裡的蛋糕。

「還是千裔最敏銳。」媽媽笑了笑，然後這是今天晚上第一次，她正眼看向爸爸，「說吧。」

爸爸拾起原本鋪在大腿上的餐巾擦了擦手，再摺起放在餐盤邊，手肘靠著桌面，「我想你們都這麼大了，應該知道我們家很不一樣。」

「哪裡不一樣？是家裡有個沒有血緣關係的弟弟，還是父母時常不在家？或是家裡很有錢？」千裔啜了一口水，「又或者是你們之間沒有愛？」

這句話讓我倒抽一口氣。

眾所皆知的祕密之所以還能是祕密，就是因爲沒人說破，當有人直截了當地說出口，幻影就會消失，所謂的祕密將變成赤裸裸、血淋淋的眞相。

想不到爸媽非但沒有生氣，反而不約而同露出鬆了一口氣的表情。

「你們都夠大了，其實也許在更早以前，我們就該對你們說清楚。」爸爸不疾不徐地說。

「既然你們早就發現我們感情不睦，這樣一來我們也輕鬆許多，不必親口對你們說出殘忍的事實。」媽媽的嘴角甚至微微泛起笑意。

「那就不要說！什麼都不要說！」我倏地站起，雙手用力拍桌，眼中的淚水奪眶而出。

「孟之杏，坐下。」千裔沒有看我，也沒有吼我，只是語氣輕柔地要求。

「千裔，我……」從不眞正發火的千裔都這樣了，我還能怎麼樣？

爲什麼總是如此？爸媽當年帶著尙閎來到我們家的時候，千裔和夕旖也是輕易就接受了。

如今，爸媽打算說出我不想面對的事情，千裔和夕旖依舊能心平氣和地聽著。

究竟是她們太過成熟，還是她們根本從來就不放在心上？

「之杏。」尙閎溫柔地喚我。

我轉過頭，望著他堅定的眼神。

你和我們沒有血緣關係，眞的會在意爸媽感情好不好嗎？

一瞬間，我的腦袋閃過這個想法。

但我馬上為浮現這種念頭的自己感到可恥，尚閎的確愛這個家，不論那份愛的成因是什麼，他的確愛著，我怎麼能這樣揣測他？

「之杏，不要哭，妳如果不想聽，我們就不說。」媽媽望著我，似乎想站起來往我這裡走。

「之杏。」千裔仍是一臉平靜，她看向我，「妳自己決定。」

所有人的目光齊齊落在我身上，把揭開眞相的重責大任交付給我。

我想聽，或是不想聽，眞相仍然在那裡，不會有任何改變，我蒙住眼睛無視它的存在又有什麼意義？

「說吧……」我擦乾眼淚，強忍住激動的情緒。

「我們之間沒有愛情，這段婚姻之所以會存在，是因為兩方家族需要一場聯姻。」爸爸開門見山地說。

媽媽的娘家早年曾經擁有全台最大的紡織工廠，而爸爸的家族則專營進口舶來品，其中以進口高級布料為大宗，雙方從很久之前就合作密切，家族也時常聯姻，好讓彼此的關係更為穩固。

聯姻已經成為兩個家族所遵循的傳統，直到現在，這個傳統依舊沒有被打破。

當雙方家長希望爸媽能結為夫妻時，他們當然曾試著和對方培養感情，卻發現無法來電，兩人的興趣、價值觀都相差太遠，連話都聊不上幾句。

爸媽之間未能萌生愛情，不過兩人都選擇順從家族長輩的決議，明知對方不適合自己，仍決定結婚生子。

儘管他們之間沒有愛情存在，甚至連朋友都稱不上，卻還是可以擁抱彼此，陸續生下我們三姊妹，而且非常照顧我們。

他們不愛彼此，但深深愛著我們三個。

原本兩人打算生下一個男孩後，便放彼此自由，因爲這場聯姻其中一項重要目的，就是雙方家族都希望能獲得一個男孩傳宗接代。

無奈天不從人願，媽媽連續三胎誕下的都是女孩。

生下一個孩子後離婚，跟生下三個孩子後離婚是不一樣的。

這讓本來就不愛對方的爸媽更加痛苦，他們經過一番討論後，決定領養一個男孩，雖然這個決定違背了這場婚姻的原本用意。

爸媽之間的感情已經太淡薄了，根本沒有辦法再碰觸對方。

他們並不恨對方，只是沒有一絲一毫的愛。

「所以……你們要離婚嗎？」我放在餐桌下的雙手緊緊交握，用力得讓指節被掐得泛白，我的心跳得飛快，彷彿下一刻就會從胸膛中蹦出來。

「我們不會離婚，但也不會在一起。」爸媽幾乎是齊聲說，在這種時候才展現出夫妻間的默契。

我的眼淚再次大顆大顆掉落，彷彿聽到象徵幸福的玻璃鞋碎裂的聲音。

到了午夜十二點，仙杜瑞拉身上的魔法便會解除，而我的家庭則是等不到我十八歲，便宣告瓦解。

第八章

其實我的家庭還不算眞正的支離破碎，只是爸媽雖然沒有離婚，但也不住在一起了。

爸爸搬離了家。

「我還是會回來的，在重要的節日，以及任何你們需要我……甚至是不需要我的時候，我都會出現，我依然是你們的爸爸，這點永遠不會改變。」他如此對我們說。

我不太明白，到底什麼叫做「爸爸」？應該說，什麼叫做「爲人父母」？

全家住在一起，和樂融融，並且和配偶共同分擔財務和家務，齊心照顧子女，偶爾鬥嘴冷戰，互相扶持度過難關，走過一個又一個春夏秋冬，這就是一般人所認知的父母吧？

那我爸媽呢？他們是不好的父母嗎？他們非常愛我，這點完全無庸置疑。

爸媽給了我們無憂無慮的生活，我們的物質條件甚至比同儕都好，從小到大，我們四姊弟在學校的重要活動，他們從來沒缺席過，只是不會結伴出現。

不論是家長會、運動會、校慶、畢業典禮等，他們其中一人一定會出現，捧著花束紅著眼眶對我說：「我的女兒長大了。」

他們牽著我的手如此溫暖，帶給我的回憶也是快樂居多，可是，為何他們就是無法相愛呢？

除了無法相愛以外，他們能給我們的都給了。

「之杏。」

門板響起敲擊聲，我不打算開門，躲在棉被裡裝睡。

「之杏，我知道妳很難過，可是……有一種愛叫成全，讓他們做他們想做的事情，也是我們表達愛的一種方式。」尚閎的聲音雖輕，卻非常堅定。

我依舊悶在棉被裡哭泣，不願意回應。

是我太奇怪了嗎？希望全家歡樂的時光永遠延續下去，這樣的心情是錯的嗎？為什麼大家都可以接受一家人從此不住在同一個屋簷下？

「還在哭喔？都幾歲了。」夕旖不屑的聲音傳來。

「之杏比較感性……」尚閎幫我說話。

「感性？我還感冒咧！根本是活在自己的象牙塔裡！孟之杏，妳醒醒吧，雖然妳姓孟，但也別眞的在做夢！」夕旖大聲地說，深怕我沒聽見似的，還一直重複叨念：「孟之杏別做夢。」

我摀住耳朵。

夕旖有時候眞的是煩死人了！在這種時候就眞的很討厭她，雖然她說的是事實，口氣卻尖酸刻薄，讓聽的人心如刀割。

但同時我也很討厭自己。

「之杏，妳別把夕旖的話放在心上。」尙閎把夕旖勸回她的房間後，又回到我的門前，「別想太多了，早點休息吧，晚安。」

腳步聲逐漸遠離，他走回自己的房間，輕輕關上房門。

周遭陷入一片安靜，我的手機在這時響起震動。

吸了吸鼻涕，我拿起一看，是康以玄傳來訊息。

那天爲了和爸媽吃飯而直接離開學校，沒有通知他我不去合唱團練唱，這件事似乎讓他很不開心，訊息裡毫不掩飾他的不滿。

「妳不去也跟我說一聲，我可是爲了妳才去的。」

「妳知道我到了合唱團卻沒看見妳的感覺嗎？」

「事先跟我說一聲，才表示妳重視我。」

他的話如此直接，但都是他眞實的心情吧。

他的每一則訊息我都已讀，卻一直沒有回應，於是康以玄開始瘋狂傳訊息過來，我都不知道他這麼纏人。

「我很累。」

我在螢幕上敲下這三個字傳給他，終於，他停止訊息轟炸。

「我只是要一個回應而已，累了就睡吧。」

最後一封訊息傳來後，我的手機安靜了下來。

忽然間，我發覺自己對待康以玄的態度眞的很差勁，他對我卻一直很寬容。平常我可能會什麼也不理會，直接睡去，可是今天我做了反常的舉動。

我拿起手機，撥出那個鮮少撥打的號碼。

響沒幾聲，對方就迅速接起，電話彼端傳來帶著點狐疑與不確定的聲音：「喂？」

「康以玄——」也不知道是怎麼回事，一聽見他的聲音就覺得想哭。

我對這一切狗屁倒灶的事情感到煩躁無比，一股腦地將所有委屈向他傾吐，康以玄靜靜地聽，不時輕輕應聲，讓我知道他有認眞在聽。

明明夕旖、千裔都和我一樣愛著這個家，也許每個人看待與表達愛的方式不同，可是她們如此輕易地接受了這些事，並用極爲理性的態度進行分析，這樣的她們讓我感到十分寂寞。

「妳難過的是父母不相愛，還是手足不像妳那樣激烈反應，又或者是妳爸爸搬離家裡？」

「有什麼差別嗎？這些都很難受！」我不斷啜泣，在寧靜的夜晚裡，我的哭聲更加清晰可聞。

「還是有些微的差別。」康以玄緩緩說著：「你們誰都沒有錯，處理的方式也沒有不正確。妳在理智上知道父母愛妳，也愛這個家，感情上卻無法接受他們分開，不過說白一點，他們早就分房睡了不是嗎？你們對這件事早已心裡有底，現在他們只是用了另一種方式對你們負責。」

「什麼方式？分開嗎？」我冷冷地問。

「不，是告訴你們實話。」康以玄繼續說：「他們大可以跟以前一樣，什麼都不說，或是直接不回家，但是他們選擇對你們坦白。妳爸媽不是也說過，如果妳不想聽，他們就不說嗎？之杏，家庭的形式有很多種，就某方面來說，妳的家庭已經算是很幸福美滿了。」

我微微一愣，想了想才問：「你這樣說，難道你現在的家庭不幸福美滿嗎？」

他在電話那頭一頓，過了好一會兒才反問我：「為什麼這麼問？」

「因爲一般人總是習慣自我安慰，通常會想著比上不足，比下有餘。如果是在一般家庭長大的孩子，一定會說『蛤，妳家怎麼會這樣？』，可是你卻說我們這樣很好，表示可能你……」

說到這裡，我話聲一滯，陡然發現自己的神經太大條，康以玄向來不太願意提起自己家裡的事，如今我卻碰觸了他的痛處。

「那個，康以玄，我剛才……」我支支吾吾，不知怎麼挽回。

「不是我不告訴妳，只是這些事情妳知道了不會比較好，相反的，心情還會變得很糟糕。」他語氣淡漠地開口。

「你願意告訴我？」我很訝異。

「不是什麼好故事。」一聲輕輕的嘆息隱約傳了過來。

我沉思了一下，才回：「如果你眞的不想說，我不會勉強你。」

「妳不是一直很想知道嗎？」

「但我後來想了想，眞正的好朋友不該勉強對方說出不想說的事情，應該默默在一旁守護才對。」

「妳說的很對呀，那爲什麼妳對朋友這麼寬容，卻苛責自己的親人呢？」

「可是如果是你碰到這種事呢？如果你是我的話，難道眞的完全不會在意？」我不服氣。

康以玄沉默許久，久到我必須仔細聆聽他的呼吸聲，才能確定他還沒掛斷。

「康……」

「如果我是妳，我會很高興我的父母這麼愛我。」

這句話像顆直球擊中我的心臟，胸口一陣疼痛。

隱藏在康以玄那張面無表情的臉孔之下，究竟是什麼樣的過去？他有過什麼樣的經歷？我不敢再問下去。

握著手機的手不由得顫抖起來，呼吸也變得有些困難，腦中浮現的是在公園練習合唱時，他的衣襬被風吹起時所露出的背部肌膚。

「我會在這裡的。」我下意識脫口而出。

「以朋友的身分嗎？」他問的問題很奇怪。

「康以玄，我很認真！」

「我也很認真，妳是用什麼身分陪在我身邊很重要。」

「有什麼差別？」

「差別在於我要告訴妳多少，或是該不該在半夜打電話給妳。」

我瞥了床頭櫃上的鬧鐘一眼，天啊，現在是凌晨一點半，我居然沒有注意時間就打電話過去。

「你已經在睡覺了嗎？」我有點不好意思。

「沒有。」他笑了聲，「在妳打給我的上一秒，我明明還在傳LINE給妳。」

「對耶！而且我不回你，你就一直傳，所以朋友可以這麼晚打擾對方？」

「也許是另一種意思。」康以玄語帶笑意，「也許是我不把妳當朋友。」

我的心一揪，呼吸頓時變得急促，「什麼意思，你把我當同學嗎？」

「哈哈哈。」他開朗的笑聲在我耳邊迴盪，「妳心情好多了嗎？」

「嗯，大概吧。」

「教妳一個好方法，我小時候常常這麼做。」康以玄的聲音變得溫柔，又帶有一絲絲孤寂，「當妳無法理解對方爲什麼這麼做，或爲什麼這麼說的時候，就試著設身處地站在對方的立場思考，想像自己如果是他，會不會這麼做？是會更溫柔，還是會更過分？通常這樣子一想，就會好多了。」

「所以你是要我站在爸媽的角度思考？」

「妳既然了解妳爸媽的背景，那想像起來就更容易了。」

「容易什麼？」

「代入情感呀！」康以玄說得理所當然，好像我問了多笨的問題一樣。

好，我努力想像總行了吧。

我被迫嫁給一個不愛的男人，雖然盡力嘗試愛他了，但無論怎麼做，都無法對他產生半點感情，儘管婚後和他生下三個孩子，我也愛著可愛的女兒們，然而依舊覺得和他之間越來越疏離……

可是，爸爸長相帥氣，個性又溫柔，就算媽媽和他不是戀愛結婚，都生下三個小孩，也朝夕相處這麼多年了，再怎麼樣也應該日久生情吧？

我還是不明白，爲什麼他們可以斬釘截鐵地肯定對彼此一點感情都沒有，爸爸甚至迫不及待在我和尚閎滿十八歲以前，就離開家裡。

況且，當初兩人結婚的目的就是爲了生下男孩，再怎麼不愛對方，既然都已經生了三個，又爲什麼不再嘗試生下一胎，反而要領養呢？

如果用領養的方式就可以滿足雙方家族的期待，當初又何必生下我們三姊妹？也許是爸爸或媽媽其中一個人不能生了？或者是不想生了？

「如果是我……心裡其實有另外一個人，卻因爲家庭壓力，被迫要嫁給你……」我將自己代入媽媽的角色，忽然感到泫然欲泣，「那我一定一輩子都忘不了尚閎，一定會一直想著他。」

「然後也許有一天，你弟來找妳。」

「他不可能來找我！」我一陣心酸。

「我是舉例。」康以玄嘆氣，「那這時候妳會怎麼做？」

「我也許再也不能忍耐下去了，想和他遠走高飛，可是又放不下小孩，也無法背棄家族。」

「於是只好找那個和妳一樣，既不愛妳，或者心裡也藏著別的女人的老公討論，然後得出了領養的結論，好應付家族。」

「如果是爲了應付爺爺奶奶，那我爸媽爲何不乾脆領養一個剛出生不久的小嬰兒？爲什麼要領養已經十歲的尚閎？」我還是非常不解。

電話那頭的康以玄沉默了一會兒，才輕聲說道：「妳確定……孟尚閎眞的和妳沒有血緣關係？」

「你這是什麼意思？尚閎的確是在我十歲那年，被爸媽從育幼院帶回家的，我還大概記得那間育幼院的名字，好像是……大什麼的。」我拍了拍腦袋，試圖搜尋十歲那年的記憶。

「我的意思是，難道孟尚閦沒有可能是妳父母其中一人在外面生的孩子嗎？」

我倒抽一口氣，「不可能！你不要汙衊我爸媽！」

「我沒有惡意，只是提出可能的猜測，就像妳說的，一切如此不合理，那這也許是最合理的解釋？」他冷靜地分析。

「但這樣不就代表，我爸或我媽……背叛了另一方？」

「他們本來就不愛對方，彼此也心知肚明，又何來背叛之說？」

「話是這麼說沒錯，可是……」

「妳不肯正視這個可能性，是因爲這樣會讓妳心中僅存的希望就此幻滅嗎？」

「你在說什麼？」

「妳認爲妳和孟尚閦沒有血緣關係，所以還是有希望可以在一起，但如果妳跟他是同父異母或同母異父的話，就無法……」

「康以玄，請你注意你說的話！」我怒氣沖沖地大喊。

電話那頭的他話聲一停。

「你知道你在說什麼嗎？難道在你心中，我是那種會爲了自己的愛情而不在乎家庭和諧的人？」

「愛情會使人改變。」他說出這句話的口吻異常冰冷。

「康以玄，我不知道你曾經歷過什麼，或是看過什麼，但我不是那樣的人！如果尙閎眞的與我有血緣關係，那表示我父母其中一人會受到傷害，即便他們之間沒有愛情，婚姻關係仍然存在，你覺得在這種時候，我會只在意自己的愛情而不顧父母的心情嗎？我不是那樣的人！」

我很想再多罵康以玄幾句，最好能飆出幾句很難聽的髒話，然後從此和他絕交。可是，我卻忍不住先哭了起來，心中除了生氣的情緒，還感到深切的悲傷與痛苦。

「我很難過你錯認我是那種人！」比起他做出的假設，讓我更難過的是他居然這麼看我。

「我眞的很抱歉，我再也不會……」康以玄焦急地解釋，「我、我不是要找藉口，可是我以爲女人……最後都會爲了愛情而放棄家人。」

我吸吸鼻子，「我不是那種女人，我永遠不會把愛情放第一位。」

「那妳會把什麼放第一位？」

「家人，家人在我心中永遠是最重要的。」

他低笑一聲，不知道是什麼意思。

「我們最近總是在吵架。」心情稍稍平復後，我忍不住埋怨。

「這算吵架嗎？」康以玄似乎有些詫異。

「不是嗎？難道你以為我們只是在鬥嘴？」我沒好氣地說。

「我沒和人吵架過，所以我不知道。」康以玄又笑了起來，「沒想到可以遇到和我吵架的人。」

「這是好事嗎？」話出口後，我仔細一想，隨即又改口，「也許是好事吧。」

「怎麼說？」這次換他不解。

「撇除那種鬧到翻臉的激烈爭吵不談，朋友之間如果吵架了又能和好，這不是很棒嗎？」

「吵架怎麼會是好事？」

「重點是吵完架還能和好如初，這表示彼此感情其實很堅定，不會因為吵架而受影響。」我認真地說，想起自己從小就常和夕旖、千裔吵架，不過每次吵完都會和好，盡釋前嫌所流下的感動淚水會讓感情更穩固。

我不禁勾起唇角，向康以玄形容這種感覺，並下了結論：「所以偶爾與很好的朋友吵架，應該算是好事。」

「這麼說來，我們是很好的朋友嘍？」他輕快的嗓音傳入我耳裡。

「不是嗎？還是只有我自己這麼以為？」說完這句話，我自已先嚇到了。

我明明時常覺得康以玄很煩人，此刻卻不假思索地對他這麼說。也許，在不知不覺之間，我已經把他放在心上重要的位置了。

這段時間以來，都是他陪在我身邊，他知道我不能跟別人透露的祕密，也總是無條件包容我的壞脾氣。

對我來說，康以玄怎麼可能只是個普通朋友呢？

「我好像從來沒有過很要好的男生朋友呢，你是第一個，可能也只需要有你這一個就夠了。」我喃喃道，說給他聽，也像是說給自己聽。

「這還眞是光榮。」康以玄誠摯地回應，「我很高興，眞的。」

我仰躺在床上微笑，總覺得和康以玄的關係眞是不可思議，啊，不過有件事要提醒他才行——

「上次你抓住我的手，還突然靠向我，這種事以後不能再做了，知道嗎？」

他停頓一下，淡淡地問：「抓妳的手，爲什麼不行？」

「當然不行呀！」

「爲什麼不行？」

「你鬼打牆喔！不行就是不行，我不喜歡！」雖然知道他看不到，我還是緊緊皺起眉頭。

「妳討厭我碰妳？覺得噁心？」

「不是噁心，我只是不喜歡那樣，你忽然靠太近，我會覺得心跳加快！」

天啊！我後悔了！我這白痴在說什麼，這段聽起來像在告白的話是什麼鬼啊！

「喔？心跳加快啊……」康以玄語調帶著玩味。

「跑步也會心跳加快、緊張也會心跳加快，害怕也會！所以那不代表什麼！你不要亂想。」我趕緊澄清。

「我什麼也沒說，妳這麼緊張幹麼？」他放聲大笑，眞眞切切地大笑。

聽見這笑聲，我頓時覺得算了，他難得這麼開心，就這樣吧。

「我要睡覺了，很晚了。」我瞥向手機螢幕，居然快三點了，早上一定會賴床。

「孟之杏。」他停下笑聲，語氣恢復沉穩。

「幹麼？」我打了一個哈欠，不過有特別留意沒發出聲音。

「妳不要想太多，有時候即便我們用盡全力，也無法改變事情的發展。」

「這樣好像有點消極，我是屬於相信努力就能戰勝命運那派的喔。」眼皮逐漸變重，我的聲音越來越小，「康以玄，你可以脫掉衣服讓我看看嗎？」

這句有點像是性騷擾的話，在我睡意朦朧間忽然迸出，我趕緊閉上嘴，但已經來不及了。

「妳看見了嗎？」康以玄的聲音輕飄飄的，幾不可聞，「那請妳當作沒看見吧，晚安了，孟之杏。」

說完，他掛斷了電話。

我知道，自己踩到他的底線了。

他的過去，他身上的傷痕，是他的底線。

托他的福，即便身體疲憊，思緒仍異常清晰，我整夜輾轉難眠，直到窗外天空漸亮，腦中始終迴盪著那一句話——

「那就請妳當作沒看見吧。」

✦

「之杏，妳還在不高興嗎？」上學途中，走在我身後的尚閎問。

「爲什麼要不高興？」我打了個大大的哈欠，嘴巴張得之開，簡直有礙觀瞻，好險沒讓尚閎看見。

都怪康以玄昨晚說了奇怪的話，害我整夜無法入眠。

「那妳爲什麼板著一張臉？」尚閎不死心地又問。

因爲很累啊，誰整晚沒睡會有好臉色？

「沒什麼。」我沒想多作解釋。

「妳很介意爸媽的事嗎？我……並不是不在意，只是我會希望他們能選擇他們自己想走的路。」

「好了，我明白你們的想法，不用說了。」我雖然眞心這麼認爲，但是因爲睡眠不足，加上口氣不好，這句話聽起來像在逞強。

「之杏……」尙閎一副欲言又止的樣子。

進到學校後，我們在校舍的樓梯口分開，我頭也不回地邁開步伐，依稀聽見尙閎在背後喊我，不過我沒空理他，現在有更在意的事情要做。

我得快點進教室把書包放好，然後等康以玄過來找我，一起聊聊昨天未完的話題。

我在座位上坐下，也不管許蓓菁一直在吵什麼東西，完全沒認眞聽，目光只是緊盯著教室外頭的走廊，對於不知道爲什麼一直瞪著我的袁巧霓，我也置之不理。

若是平常，康以玄早該出現了，今天卻始終不見人影，讓我更加著急。

除了我以外，教室裡還有另一個人也坐立難安。

我察覺到袁巧霓同樣不時朝走廊看去，當我暗自猜測著她在做什麼時，許蓓菁注意到我投向袁巧霓的視線，賊兮兮地笑說：「她一直都是這樣，只是妳沒有發現罷了。」

「怎樣？」

「就像妳現在這樣等著康以玄過來呀。」

「我哪有等他。」我說完，馬上覺得自己爲何要說謊，於是改口：「對，我今天是在等他沒錯，因爲有事要和他說，可是妳說袁巧霓每天都這樣？她等康以玄幹麼？他們甚至不認識耶。」

「對呀，爲什麼呢？大概就跟我高一時很相似，明明不認識孟尙閎，卻硬要接近他姊姊，以爲能打好關係，結果反而離他更遠是一樣的道理吧。」

「妳在舉什麼奇怪的例子？」我翻了個白眼。

「簡單來說，她喜歡康以玄，但因爲妳不是康以玄的姊姊，而是個毫無關係的普通女生，所以她對妳有敵意。」許蓓菁俏皮地眨了眨眼，「女人的嫉妒心是很可怕的，小心喔！」

「可怕個頭。」我用手指彈了她的額頭一記，望了掛在牆上的時鐘一眼，已經過了康以玄平常會出現的時間十分鐘了。

「孟之杏。」

袁巧霓忽然起身朝我走來，剛才還在講她閒話的許蓓菁立刻轉過身去裝沒事，有夠卒仔。

「怎麼了？」

「康以玄今天怎麼了嗎？」原來她眞的有在注意康以玄平常出現的時間。

「我不知道。奇怪了，妳這麼注意他做什麼？」我一手撐在椅背上，故意露出很欠揍的表情。

「問一下都不行？難道你們在交往？」

哇！袁巧霓這語氣眞是不客氣，我瞄到前面的許蓓菁正掩嘴偷笑。

「那又請問，妳和他在交往嗎？問這麼多。」我霍地站起來，很有氣勢地哼了一聲，隨即發現自己的個子沒有袁巧霓高，氣勢當場弱了一截，眞是的！

「關心一下同學不行嗎？」

「他是妳同學嗎？你們認識喔？」我哈哈笑了兩聲。

「妳！不要太囂張，孟之杏！」袁巧霓馬上變臉，憤怒地對著我大吼。

這眞的嚇到我了，畢竟袁巧霓平常在班上的形象向來是乖乖女一枚。

舉例來說，就像小丸子卡通裡，那個性格溫吞的丸尾同學忽然大發飆一樣，會嚇死人的！

「孟之杏。」康以玄忽然出現在窗邊。

這聲呼喚明顯讓袁巧霓嚇了一跳，許蓓菁哈了一聲。

我掩飾住內心的驚訝，平靜地對康以玄說：「怎麼了？」

「……練唱了。」他看了看我，又瞧了瞧袁巧霓，然後這麼說。

「嗯。」我拿起桌上的水瓶，故意撞了還僵立原地的袁巧霓一下，朝門外走去。

與康以玄並肩走向社團教室的途中，他始終皺著眉頭。

「妳又因爲妳弟的事和別的女生吵架？」

「才不是，是因爲你的事。」我沒好氣地說。

「我？因爲我什麼事？」他一臉愕然。

「你今天爲什麼比較晚過來？」我指了指手錶，「你比平常晚了十分鐘欸！」

「出門前，家裡突然有事耽擱了，所以才會晚到。」

「那你爲什麼不傳訊息通知我？連打幾個字的時間也沒有？」我氣呼呼地罵他。

他沒有接話，我狐疑地望向他，發現他的表情很是怪異，好像有些驚訝，嘴角卻又掛著淺淺笑意。

「你幹麼？」我抬起手肘頂他。

「我不知道妳會因爲我晚到而生氣。」他故意挨向我，「這是不是表示，我對妳來說不只是一般朋友？」

「你在講什麼東西！」我很火大，故意再次抬起手肘用力撞向他腹部，不開玩笑，這一下眞的很用力，我趁他彎腰摀著肚子時，趕緊往前跑去。

「孟之杏，妳沒有聽過手下留情這句話嗎……」他抱著肚子杵在原地不動，好像眞的很痛苦。

噢，好像眞的打得太大力了。我有些愧疚，緩步走回他身邊。

「你沒事吧？不會是想吐吧？」

話才說完，我就捕捉到康以玄臉上露出惡作劇的笑容，接著，他突然伸手往我肩膀一勾，我和他的距離瞬間變得非常之近。

「幹什麼！放開！」我驚呼，想要推開他。

「孟之杏，人心是會變的。」他微笑著說完這句話，就鬆手放開我，站直了身體，雙手插在口袋裡，一副若無其事的模樣。

「你最近很奇怪，康以玄。」

「也許我一直是這樣。」他聳聳肩。

走在康以玄身後，我注視著他的背影，從來沒注意過原來他的個子比我高這麼多，也沒注意過他右邊耳朵後面有顆痣，還有他的髮旋偏左邊……

然後我瞄向他身上的白色襯衫，那襯衫底下的肌膚，布滿了疤痕。

昨夜的疑問並沒有得到回答。

我知道每個人都有不想說的祕密，但我不希望康以玄對我有所隱瞞，畢竟我把自己所有的祕密都告訴他了，我也想了解他的一切。

「昨天我踩到你的底線了嗎？」踏進合唱教室之前，我輕聲問。

不知道是不是因爲教室裡練唱的聲音太大聲，還是康以玄假裝沒聽到，總之我沒有得到他的答覆。

雖然不探究朋友不想提及的過去，是一種溫柔的守護，可是此刻，我迫切地想知道康以玄曾經發生過什麼事。

於是在練唱結束之後，我小聲問馬伊紋有沒有張立貫的聯絡方式。

沒想到她曖昧地笑說：「怎樣？妳也對他有意思嗎？已經有好幾個一年級生跟我打聽他了耶。」

我大翻白眼，「拜託，我會對他有意思嗎？我只是有事情想問問他而已。」

「哈哈，不過張立貫私下問過我妳的聯絡方式，我想妳應該不想理他，就沒跟妳說，想不到……」她繼續嘿嘿笑著，一邊找出張立貫的手機號碼。

「社長，妳沒聽清楚我剛剛說的話嗎？我說我對他完全沒興趣，只是有事情想問他！」我不滿地跺腳，手上還是把張立貫的號碼輸入手機。

張立貫竟然會打聽我，想來絕對不是什麼好事情。

「話說回來，之杏，妳剛剛唱歌有些不一樣了。」馬伊紋恢復社長的姿態，臉上洋溢讚許的笑容，「上次去聖中交流，讓妳很有感觸吧？」

「我大概理解妳之前說我的聲音太突出是什麼意思了，康以玄幫了我很大的忙。」

我朝坐在教室最後一排的康以玄抬了抬下巴。

「他還眞是不可思議呢。」馬伊紋望向康以玄，淡淡地說。

我覺得有點不對勁，連忙問：「怎樣不可思議？」

「就是……我也不知道怎麼說，妳應該有感受到吧？康以玄這個人與他給人的第一印象相差甚遠，長久相處下來，甚至會覺得好像慢慢喜歡上他了……啊，我說的不是愛情那種喜歡啦，別擔心。」她呵呵笑了幾聲，拍拍我的肩膀，「總之，妳唱歌的時候繼續保持現在這個狀態，如果能花點心思傾聽其他聲部，妳會唱得更好，雖然妳本來就已經唱得很不錯了，不過畢竟我們是合唱團，所有人能夠完美配合才是最重要的。」

我點點頭，把手機放回口袋，跟康以玄說了幾句話後，上課鐘聲隨即響起，大家紛紛回到各自的教室。

剛在位子上坐下，我順手滑開手機畫面，竟看見張立貫傳來的訊息。

「我LINE裡的推薦好友裡面出現了妳的名字，孟之杏，妳手機裡存了我的電話啦？」

一如記憶中那般輕浮，令人不悅，我嘖了聲，快速地輸入回訊。

「我想問你康以玄的事。」

「這麼巧？我也想問妳同樣的事。」

第九章

我和張立貫約了下禮拜見面，本來想這禮拜就和他碰面聊聊，最好就是今天，可是張立貫卻說不行。

「妳也不想讓康以玄知道吧？」

我無法反駁，只好靜待時機。

此刻我站在尚閎的教室門邊，看著正在對話的柴小熙和沈品睿，皺著眉頭問尚閎：「他們在交往？」

真是這樣的話，那之前在我心中那揮之不去的不安就太可笑了。

尚閎沒有回話，只是聳聳肩，我注視他的側臉，猜不透此時的他究竟在想什麼。

早上在家裡的時候，媽媽做了豐盛的早餐，我們一起坐在桌前用餐，氣氛雖然輕鬆愉快，但瞥見原本屬於爸爸的那個空位，心中還是覺得介意。

我想起康以玄的猜測。

一切的不合理，只導向了唯一一個合情合理的答案。

也許尚閎和我真的有血緣關係。

真相是這樣嗎？這個問題我能向誰求證？求證的過程中是否會對誰造成傷害？我沒

有辦法拿這個問題去問夕旖和千裔，更遑論是尙閎。

爸爸搬離家之後，去哪裡了？他眞的還是我的爸爸嗎？

他會不會已經屬於另一個女人，屬於另一個家庭，變成另一個人的爸爸？

我凝視著面前的尙閎，他的衣領上有塊汙漬，應該是今天吃早餐時，被三明治裡的番茄醬弄髒的，雖然不是很明顯，看著仍有些礙眼。

「你這邊怎麼弄髒了？」我伸手抹向那塊汙漬。

「可能吃東西不小心滴到吧。」他微微一笑，依舊溫柔。

望著他的笑容，我也輕輕揚起嘴角。

我所在乎的那些事情到底重不重要？或者有多重要？

未來，我會爲自己此刻的擔憂而感到欣慰，還是感到痛苦？

這些都沒有答案，但至少我知道，尙閎還在，夕旖和千裔也都在。

「如果你覺得垃圾很髒，不用出於愧疚幫我，你這樣只會幫倒忙。」柴小熙的聲音打斷了我的思緒，她對著沈品睿吼，看起來很煩躁。

「哇，還有這樣的喔。」沈品睿也不甘示弱。

他們兩個又吵了幾句，柴小熙火氣更大了：「你是要『哇』幾次？你是白痴嗎？而且很幼稚。」

「哈哈哈！」沈品睿笑了起來。

對於沈品睿這個人，我無法百分之百相信他。

雖然他臉上時常帶著微笑，表現出一副不正經的樣子，可是當我偶爾對上他的視線時，便會發現他其實默默在觀察別人，一被注意到，就會迅速露出人畜無害的笑容。

他大概是那種情緒鮮少表露於外的類型，把重要的事都藏在心中。

尙閎爲什麼會和一個讓人看不透的人交朋友，我也想不通，或許是因爲同類相吸吧，尙閎也是這種人。

我瞇起眼睛打量沈品睿，忽然覺得生氣。就是因爲他這樣，尙閎才會把自己隱藏得更深，如果沈品睿樂於分享自己眞實的心情，身爲好友，尙閎應該也會變得比較坦率，就像康以玄遇見我之後，逐漸變得比較開朗一樣。

雖然目前仍需透過張立貫，我才能得知康以玄過去究竟發生了什麼事。

「你是智障嗎？」我把氣出在沈品睿身上，才對尙閎說：「好了，我先走了。」

「喂，之杏。」然而尙閎喊住我。

「怎樣？」

「妳跟康以玄還有在聯絡？」

我挑了挑眉毛，嘴角微彎：「是呀，怎麼了？你會擔心？」

「當然擔心，他風評不是很好。」

「擔心的是他的風評？不是我與他的關係？」我的語調頓時一沉。

是呀，我還期待他會說什麼呢？

「妳有選擇的自由，我只是想提醒妳。」

「不用你的提醒，我眼睛雪亮得很。」用力踩了尚閎一腳，我旋即轉身離開。

之所以鬱悶，不單是因爲他再次提醒我，對他來說我只是姊姊，讓我不爽的還有另一件事。

即便校內已經有很多人慢慢理解到康以玄不是什麼不良少年，尚閎卻依舊認爲他是個麻煩人物。

加快腳步走了一段路後，我氣喘吁吁地停下來，對自己竟會爲了康以玄而生尚閎的氣，感到有些摸不著頭緒。

「孟之杏。」

彷彿聽見有人在叫我，低頭一看，康以玄正站在一樓中庭對我揮手。

趴在圍牆上，我撐頰凝望他臉上的笑容。他奮力揮手的模樣，讓我覺得很可愛。

我輕輕淺笑，也朝他揮手。

✦

翌日放學後的合唱團練唱，康以玄難得沒有過來旁觀，說是家裡有事要提早回去。

已經習慣康以玄每次出現的我，沒見到他一時有些不習慣。

「欸，妳男朋友今天沒有來喔？」一個社員問我。

「他不是我男朋友。」我瞇起眼睛，這種問法根本是在試探。

對方眉開眼笑，毫不掩飾自己打聽的意圖，「他只跟妳黏在一起，既然妳不是他女友，那他有其他要好的女性朋友嗎？」

「我哪知道，妳不會自己問他？」怎麼回事？莫名覺得心情煩悶。

「我問過了啊，但是他叫我問妳。」

「問我？康以玄這樣說？」

那個社員皺起眉頭，另一個社員也加入對話：「是呀，他最近在我們一年級的女生之間很紅唷，學姊，下次叫他可以過來前面聽，不要每次都坐那麼遠嘛！」

「是呀，爲什麼以前都沒有發現他長得很帥呢！」那個上一秒還在皺眉的一年級社員表情一變，眼睛都亮了起來。

現在是怎樣？康以玄迎來了人生的受歡迎期嗎？

「如果問我，我會勸妳們離他遠一點，他不是妳們可以應付的。」我踩著組合式階梯往下走。

「哇，學姊的意思是說，妳可以應付他嗎？」最初跟我搭話的社員說完，立刻擺了擺手，「我不是在挖苦學姊，是眞的好奇想知道。學姊，妳喜歡康以玄嗎？」

「如果學姊和學長彼此有意，我們幾個一年級的也不用在那邊起鬨了。」另一個一年級社員跟著幫腔。

這下換我擰眉了，「奇怪了，難道喜歡一個人的心情，會因爲對方有沒有意中人或其他因素而輕易改變嗎？那還叫喜歡？」

「就是因爲喜歡一個人的心情無法輕易改變，所以才要趁還沒眞的喜歡上之前，認清局勢，如果對方心中有人，當然得提早抽身呀！」

那個一年級社員說得理直氣壯，那些話深深刺入我的心。

「嗯……妳說的沒錯……」我陷入沉思，「我沒有喜歡康以玄，但也不希望有其他女孩子接近他。」

幾個一年級社員低聲驚呼，不約而同笑著對我說：「那我們明白了，學姊。」

她們明白了什麼我不清楚，不過我確實不希望康以玄受歡迎，也不希望看見他和其他女孩相處融洽。

雖然不關我的事，可我就是不喜歡，我只是老實說出自己的感覺。

「好了，各位，沒事早點回去，我們下學期有一場正式比賽，那大概是高二生的最後一場比賽了，所以大家一定要加油！」馬伊紋拍了兩下手，神情帶著幾分感傷。

練習結束後，難得沒有康以玄跟在身邊，我不想回家，便繞進書局裡閒晃，無意間抬起頭，從落地窗看到馬伊紋一個人走在對街。

想起她信誓旦旦地說過我能越唱越好，當時旁邊有其他合唱團社員在場，我不方便多問，只是在那之後，我的確更認眞地學著控制自己的聲音，並聆聽其他人的歌聲，因此突然想問問她是否有察覺到我的改變。

於是我迅速將雜誌放回書櫃，往書店外跑去，對著她大喊。

偏偏一臺臺車子呼嘯而過，掩蓋了我的喊叫，號誌燈又還要再過五十幾秒才轉綠，穿著便服的馬伊紋手裡提著兩大袋東西，塑膠袋上印著大大的連鎖超市logo，我看著她在街角處拐了個彎。

繞過那個轉角是一條筆直的道路，追過去一定還來得及。我急得在原地跺腳，眼睛緊盯著交通號誌，一見燈號轉綠，我馬上拔腿狂奔。

一過轉角，果然看見馬伊紋的身影出現在前方。

我一邊喊她的名字一邊跑，她平常明明耳朵尖得很，總是可以輕易揪出誰唱錯了哪個音，現在卻像是耳背一樣，對我的叫喚充耳不聞。

我氣喘吁吁地緊追在後，眼看氣力將竭，正想著是不是乾脆放棄時，馬伊紋突然在某棟建築前方停下腳步，一個小孩衝出來抱住她的腰。

看來她到家了，我還是別過去吧……

緊接著，第二個孩子也衝出來抱住她，這兩個孩子大約三歲左右。然後又跑出來第三個孩子，目測大概五歲，隨後冒出了第四個、第五個……

哇！她家究竟有多少個兄弟姊妹啊！

一票小孩把馬伊紋團團圍住，兩個年紀比較大的接過她手中的袋子，幾個孩子爭相想牽馬伊紋的手，她開心地露出笑容，視線無意間往我站的方向一瞟，發現我的那刻，她臉色一僵，但隨即揚起微笑對我揮手。

欸……這是歡迎我過去，還是要我走開啊？

我僵硬地扯動嘴角，擠出一個笑容，緩緩向她走去。

走近馬伊紋和那群孩子後，我才注意到那棟建築的牆上掛著一塊牌子，寫著：春天育幼院。

「這是我家，要進來坐嗎？」馬伊紋主動開口。

「方、方便嗎？」我的舌頭居然在這種時候打結。

「當然，我們很歡迎。來，叫姊姊。」她點點頭，對著那些孩子說。

「姊姊好！」孩子們一起朝我微笑。

馬伊紋領著幾個小蘿蔔頭走進育幼院，我卻僵立在原地，遲遲無法邁步，事情的發展讓我有些跟不上。

我想起尙閎也曾在育幼院生活過很長一段時間。

「孟之杏？」馬伊紋轉頭看我。

「啊，我來了。」我回過神，趕緊跟上。

育幼院中央有個很大的廣場，廣場上設置了一些簡易的遊樂器材，幾個年紀小的孩子坐在鞦韆上來回擺盪，有兩位婦人在一旁照看著。

馬伊紋對她們點頭微笑，原本圍在她身邊的孩子不約而同朝遊樂器材一擁而上，而她則朝育幼院建築物的左邊走去。

有幾扇窗子是敞開的，裡頭是廚房，幾個約莫國中生年紀的孩子正在洗菜與切菜，流理臺上放著兩個大型連鎖超市的塑膠袋，應該是剛才馬伊紋提進來的。

「我的房間在這邊。」

她帶我走向一排牆壁是灰色的房間，腳步停在一道門前，我探頭張望，房裡有兩組上下鋪，牆邊放著兩張書桌。

「我們四個人共住一間房，書桌得輪流使用。」馬伊紋把兩張書桌的椅子拉出來，「坐吧，我去倒茶。」

「不、不用了。」我有些不知所措地東張西望，覺得自己或許不應該跟來。

「那妳找我有什麼事嗎？」馬伊紋拉過一把椅子坐下，舉止坦蕩，沒有半分不自在的樣子。

她如此大方，我卻如此扭捏，我對這樣的自己有些失望。

「我是想要問妳……最近我的合音是不是比較好了？」

馬伊紋眼睛一亮，聲調輕快了起來，「是呀，我原本也打算找時間跟妳聊聊這件事呢！妳真的進步很多，當然，妳原本就唱得很不錯了，但是願意聆聽別人的聲音，進而調整自己去配合，這點不是每個人都能做到的。」

見她這麼開心，我頓時覺得有聽進別人的勸告眞是太好了。

「社長……妳爲什麼從來不唱歌呢？」以前明明不在意，然而看到眼前的情景後，我忽然產生好奇。

她之前說她國中的時候，曾經傷到喉嚨，所以沒辦法唱歌。

如今仔細一想，這個說法其實很矛盾。加入合唱團之前，每個人都會經過歌唱測試，否則無法入社，爲什麼我以前沒有想到這一點？

「我有不唱歌的理由，不過偶爾我還是會唱給自己聽。」馬伊紋似乎明白了我的困惑。

「是什麼理由呢？和這裡有關係嗎？」冒冒失失地問完，我才察覺到自己太失禮，「對不起，當我沒問，我不該多問的。」我連忙用力擺擺手。

「沒關係，孟之杏，我知道妳不是那種會嚼舌根的女生，我願意告訴妳。」馬伊紋站起來走到門邊，將門輕輕掩上。

我與她一同待在坪數不大的房間裡，聽她緩緩述說過往。

馬伊紋是在八歲那年來到春天育幼院，之前曾經在多個寄養家庭輾轉寄住過。

她忘了父母到底是毒蟲，還是人口販子，當時她年紀太小，很多事都記不清了。儘管家庭環境複雜，她倒並未遭受虐待，只是父母的生活重心都不在她身上，始終對她不理不睬。

她家總是有很多客人，那些人說話低俗，幾乎隨時都叼著一根菸，弄得客廳裡煙霧瀰漫。她時常一個人在房間裡看著窗外的星星，薄薄的門板擋不住客廳裡傳來的叫囂聲。

因爲不被在乎，她產生了想要「被注意」的心理，開始拿刀片在手腕上留下傷痕。她並不想死，可是也不覺得自己活著，唯有看著血液汩汩流出，才覺得自己仍然活著，仍然存在於這個世界。

就算馬伊紋年紀還小，尚無法分辨是非，但她知道自己內心的空缺。當時唯一能安慰她的，便是鄰居屋裡時常響起的尖叫聲。

隔壁的孩子大概是被人虐待吧，每晚都會哭著求饒，她聽著那悲慘的號哭，自我安慰其實她的生活並不悲慘。

每晚，她都會輕聲哼唱自創的歌曲。

有一天會離開，
不再回來，也不會想念，
像小鳥一樣飛到好遠好遠的地方，

就像仙杜瑞拉獲得救贖，永遠過著幸福快樂的日子。

馬伊紋輕聲哼出她童年自創的歌曲時，我十分震撼，同時內心微微泛疼。她的歌聲非常好聽，好聽到令人想哭。

「為什麼不再唱歌了？社長，妳的歌聲簡直是天籟！」我驚歎不已。

「因為每次唱歌，都會讓我想起當時的自己，那段人不像人、鬼不像鬼的日子，以及那種用別人的不幸來安慰自己的心態，這讓我覺得很痛苦。」馬伊紋神情淒楚，笑容隱含苦澀，「所以我不再唱歌了，但我喜歡聽妳唱。之杏，好高興可以在合唱團裡遇見妳，也許妳自己不覺得，但妳的歌聲很有渲染力，如果妳能持續唱下去，相信一定會擁有更加亮眼的成績單。」

「是指當歌手之類的嗎？」我失笑，忍不住握住馬伊紋的手承諾，「社長，我會好好唱的。」

她笑著點點頭，「我會期待的。」

步出育幼院的時候，馬伊紋站在門口目送我，她被一群年幼的孩子圍著，笑著對我揮手道別。

走在回家的路上，鼻頭酸酸的，我覺得好想哭，眞的好想哭。

和別人的不幸相比，藉此安慰自己很幸福，這種心態很卑劣、很齷齪，然而可恥的是，我也用馬伊紋的不幸來安慰自己。

我的父母從來沒有虧待過我，他們只是無法相愛，只是想要分開。

我的家庭其實很幸福，幸福得令人悲傷。

✦

「之杏？妳爲什麼不回話？身體不舒服嗎？」

尙閎罕見地擅自打開我的房門，還摁下牆上的電燈開關，原本陷在黑暗之中的房間頓時一片明亮。

「我睡著了。」我從棉被裡面探出頭，雙手遮著眼睛，「很亮耶！」

「晚餐時間已經過了，媽今天有事情不回來，千裔和夕旖也有約，冰箱裡沒有食材，我們出去吃吧？」尙閎溫聲說。

不知怎麼地，他高大的身形似乎縮小了，此刻的他，變得像是剛來到我們家那時一樣，彷彿又見到那個只有十歲的男孩。

我掀開被子，從床上爬起。

從春天育幼院離開，回到家以後，因爲情緒太過難受，我把自己摔在床上，頭埋進棉被裡，不知不覺便迷迷糊糊地睡著。

「沒有我，你連吃飯都不會了嗎？」我故意揶揄他。

「我不喜歡一個人吃飯。」

他竟說出這種通常是女生才會說的話，讓我想要損他幾句，但當我抬頭對上他的眼睛，卻眞切地從他的眼神中察覺到他對寂寞的恐懼。

「我知道了，我換件衣服，一起去超市買些東西回來煮吧。」聽了我的話後，尚閎露出孩子般的天眞笑容。

這個瞬間，我清楚理解到了自己在尚閎生命中的角色。

我是他姊姊，該做的事就是陪在他身邊，以姊姊的身分，以家人的身分。

他渴望從我這邊獲得的從來不是愛情，而是親情，那是我唯一能給予他的東西。

在超市裡，我輕鬆地空著雙手，指示拎著購物籃的尚閎該買些什麼，當他拿起我討厭的食物時，我會強迫他放回去。

我故意添購了一堆食材與生活用品，結帳時裝滿好幾個購物袋，重得要命，可是我仍然袖手旁觀，示意他全部提在手上。

回家的路上，他忍不住向我提出抗議。

「不使喚你要使喚誰？難道連自己的弟弟都不能使喚嗎？我就是仙杜瑞拉的壞姊姊，專門欺負你的。」我揚起嘴角。

「妳才不是壞姊姊，妳對我很好。」

聽到這句話，我再次萌生落淚的衝動。

以前尙閎在育幼院的生活過得如何？他在那裡有好朋友嗎？他的原生家庭又是怎樣？他的親生父母待他好嗎？他心裡有陰影嗎？

然而這些事，是我這個姊姊不能過問的。

那些祕密，有一天尙閎可能會告訴他的好友，或是他的女友，但不會透露給家人知道。

家人是最親密的存在，卻不一定要知曉彼此的祕密。

我應該要成爲他的避風港，尙閎如果想回家，我和夕旖、千裔隨時都會張開雙手歡迎他。

我吁出一口氣，走回他身邊，從他手中接過兩個最輕的購物袋，「你啊，還是需要姊姊照顧的笨弟弟。」

他先是一愣，隨即露出無奈的微笑，「我一點也不笨。」

不過我知道他很開心。

光。

隔天，康以玄一如往常出現在教室窗邊，袁巧霓也一如往常對我投來充滿恨意的目光。

許蓓菁用嘴型告訴我：「袁巧霓一定喜歡康以玄。」

好，現在我也這麼覺得了。

去社團練唱的時候，馬伊紋的一言一行都和之前一樣從容，看在我眼中，她的大方與釋然是非常成熟的表現，頓時我對她的尊敬之心又提升了不少。

練唱完畢後，走在回教室的路上，我問康以玄昨天家裡有什麼事情，他聳聳肩回說只是全家一起吃個飯。

「平常不是全家一起吃飯嗎？」我皺眉，莫名擔心起來。

「平常當然也是一起吃，只是昨天在外地念書的大姊回來，所以算是真正全家到齊。」康以玄抓抓腦後，難得露出不太好意思的表情。

「你很開心？」

他點點頭，耳根微微泛紅。

「太好了，這樣就好。」

「幹麼？」

「不能說太好了嗎？」我瞇著眼睛看他，「我到教室了，你也快回去上課吧。」

「我下課再來找妳。」他說。

坐在窗邊的袁巧霓應該聽見了我們的談話，臉上露出複雜的表情，大概是高興又能見到他，卻不高興他是來找我的吧。

我點點頭，「不用特地說我也知道你會來。」

康以玄笑了笑，揮揮手後轉身離去。

我打算盡快解決袁巧霓這個麻煩，趁老師還沒來之前，我直接走到她座位旁邊，雙手叉腰，氣勢凌人地俯視她。

此刻她坐著，我站著，當然是我比較有氣勢。

「幹什麼？」沒想到她就算坐著，氣燄仍舊囂張。

「我想跟妳說，別用那種惡狠狠的眼神盯著我，妳喜歡他，干我屁事？」

拋下話，不等她回答，我帥氣地轉頭就走，踏著不疾不徐的步伐回座，非常完美……

劇本本來是這樣安排的，如此我既占了上風，又能挫挫袁巧霓的銳氣。

豈料，事情沒有我想的這麼簡單，袁巧霓居然站起來與我對嗆：「既然干妳屁事，那妳又過來找我講這些做什麼？」

班上同學自然不會錯過看好戲的機會，幾個男生起鬨地發出呼聲，我轉過身面對她，把下巴抬得高高的，輸人不輸陣。

沒想到有一天會爲了康以玄和別的女生吵架。

「因爲不關我的事，所以妳每次看我的眼神都讓我很不爽。」

「妳可以無視我，或是乾脆叫上我。」

「哇，妳是在說什麼鬼話啊？」這句話是許蓓菁說的。

「又關妳什麼事？」袁巧霓把砲火轉到她身上。

「之杏的事就是我的事！」許蓓菁立刻站起來跑到我身邊，這女人還挺有義氣的啊。

「少假了！妳不就是因爲喜歡她弟弟，才和她當朋友嗎？我記得一年級的時候，妳還抱怨過孟之杏是個難搞的女人。」袁巧霓不屑地笑了。

「妳、妳！那都是過去的事情了！」許蓓菁慌張地解釋。

班上的騷動更明顯了，男生們叫嚷著「女生好可怕啊」，其他女生則不想蹚渾水，沒有人吭聲，只是視線都投了過來。

「許蓓菁，妳不要緊張，我難搞這件事妳早就親口跟我說過，妳之所以接近我是因爲喜歡尙閎，這件事我也知道。現在妳會感到緊張，就表示妳早就把我當成很好的朋友，才會怕我生氣。」

我安撫許蓓菁，瀟灑的姿態讓她感動得熱淚盈眶。

袁巧霓見挑撥離間這招行不通，正皺眉思考下一步要說什麼時，我先發制人，決定一口氣解決，省得夜長夢多。

「袁巧霓，妳如果真的喜歡康以玄，等會兒下課，我馬上就可以讓妳和他告白，妳早早被拒絕，也就不用再對我惡言相向！」

這句話果然堵得她一愣，不少同學大笑起來，紛紛出言贊同我的提議。

「好啊，講得妳好像知道他一定會拒絕一樣，到時候妳可別哭。」沒想到袁巧霓一口答應，她說完就坐回位子上看書，不再理會其他同學的驚呼。

老師正巧走進教室，皺著眉頭要大家安靜，準備上課，許蓓菁連忙拉著我回座位。

才坐下來沒多久，她神神祕祕地遞了一個眼神過來，並扔了張紙條在我桌上。

放心啦，反正康以玄一定會拒絕！

許蓓菁寫這張紙條給我幹麼，是要我放心什麼？

我又不緊張，只是沒料到袁巧霓居然真的要告白。

我偷偷從書包撈出手機，傳訊息給康以玄，通知他等會兒過來找我的時候，會有個女的和他搭話，讓他別太驚訝。

康以玄回了個問號，我關掉螢幕，把手機收進抽屜，想要專心聽講，卻一個字也聽不進耳裡。

下課鐘聲響起，班上竟然沒有任何同學離開教室，大家都在等待好戲上場，我的手心則隱隱冒汗。

康以玄出現時，眾人的目光鎖定在他身上，有些人交頭接耳，有些人嘴邊掛著一絲曖昧笑意，康以玄似乎也注意到氣氛詭異。

好，我忽然後悔了，所以趕緊跑到門邊想直接拉走康以玄，但坐在窗邊的袁巧霓動作比我還快，已經走到外頭站在他面前。

班上同學聚集在窗邊圍觀，我也來到後門站定。

「我是袁巧霓，你應該知道。」袁巧霓主動開口

誰知道妳是誰，沒看見康以玄一臉莫名奇妙嗎？我在心中暗諷。

康以玄眼神飄向我，我搖了搖頭，擺出一張臭臉。

「我很久以前就認識你了，高一開學那天，我因爲遲到，不敢進校門，是你掩護我順利躲過教官盤查，卻害你挨教官的罵，所以我一直知道你是個好人。」

這件事我第一次聽聞，所以是因爲這樣，袁巧霓才會喜歡上康以玄嗎？

然而現實是，康以玄似乎根本不記得這件事，看他那茫然的表情就知道。

我不禁感到有些哀傷。

有時候我們會因爲某件事而喜歡上一個人，世界在那個瞬間產生巨大的改變，可是對那個人來說，只不過是日常生活中極微不足道的一件小事，甚至根本沒放在心上。

「所以……我不求你和我交往，只希望你能和我當朋友。」袁巧霓說完，整張臉漲得通紅。

旁邊看熱鬧的人開始鼓譟，對於那些喧鬧，我充耳不聞。

康以玄盯著袁巧霓看的模樣，讓我內心有點不舒服，他和其他女生站在一起的畫面看起來……非常礙眼。

我掉頭就走，許蓓菁喊了我的名字，我沒有回頭，一路跑下樓梯。過沒多久，身後傳來一陣腳步聲，康以玄三步併作兩步，一下子追上我。

「孟之杏，妳跑什麼？」他抓住我的手腕。

「想說讓你好好跟她聊天，反正我看你也不排斥啊。」酸溜溜的話語不受控地從我的口中溜出。

「她不是妳朋友嗎？」

「她是我的同學，才不是朋友！」我甩開他的手，朝合作社的方向快步走去。

「可是，妳傳訊息跟我說，有人會跟我搭話，我以爲妳是要介紹朋友給我認識。」

他的話讓我一肚子火，我不理會他，逕自邁開步伐，這下康以玄好像也不高興了，他跟在我身後，卻再也沒吐出半句話。

我與他之間僵硬的沉默，令我有些難受。

一來到合作社外，便看見尚閎和柴小熙兩人站在一塊，尚閎帶著調侃的笑容盯著她看，那惡作劇的神態是我所沒見過的。

這一幕讓我原本就不太美麗的心情更是不快。

「妳啊，是不是誤會了我和之杏的關係？」尚閎對柴小熙說。

「她不是你的女朋友嗎？」柴小熙瞇著眼睛反問。

她誤會了我和尚閎的關係，因爲是轉學生，所以不知道我和尚閎是「雙胞胎」？

只見尚閎一臉驚訝，正要開口澄清，我立刻走過去，親暱地把手搭在他的肩膀上：

「是女朋友沒錯喔！」

「妳很無聊。」一旁的康以玄冷冷說完，就轉過身。

我無聊？誰才無聊啊？

是誰想認識別的女生？是誰和別的女生相處融洽？

話說他不會已經和袁巧霓交換聯絡方式了吧？

「之杏，妳又和他在一起了。」在我盯著康以玄的背影沉思時，尚閎無奈的聲音傳來。

「可不是我找他，是他自己來黏著我不放的。」對，本來就是他自己過來黏著我的，爲什麼我現在反而要擔心他的交友情況？於是我轉移目標，衝著柴小熙微笑，「柴小熙，妳很常和尙閎走在一塊兒呢。」

「湊巧而已。」柴小熙顯然感受到我的敵意了，即便這敵意不完全是因爲尙閎的關係。

「我們是同班同學，妳又發什麼神經啦？」尙閎心不在焉地說，目光依舊落在已經進到合作社裡的康以玄身上。

「沒什麼。」我嘆了口氣，也轉身走進合作社。

「妳說那樣的話有什麼意義？」當我靠近康以玄時，他頭也沒抬便這麼說。

「有沒有意義不是由你決定。」我悶悶地說。

「妳爲什麼又不高興？是因爲看見他們兩個走在一起？」康以玄雖壓低了聲音，卻掩蓋不了話音裡隱含的怒氣。

「我不高興的事情有很多。」我隨便拿起一包餅乾走去結帳，也不等康以玄就直接離開。

接下來一整天，康以玄這個翅膀硬了的傢伙沒再出現，袁巧霓也沒再對我露出恨意滿滿的表情。

我問了許蓓菁，後來康以玄和袁巧霓之間是怎麼解決的。

許蓓菁只是笑著說：「妳怎麼不去問康以玄？」

「我和他吵架了。」我皺皺鼻子。

「妳最近好像很常和他吵架？印象中，妳不太會對朋友生氣呀。」

「妳給我收起那曖昧的表情！」我用力捏了捏她的臉頰。

「哈哈，欸，講眞的，請給我一打康以玄吧。」許蓓菁死性不改，繼續嘻皮笑臉。

「妳在說什麼鬼，不是喜歡我弟嗎？」我翻了個大大的白眼。

「哦？那願意給我一打孟尙閎嗎？」

「一打十二個耶，妳吃得消？而且哪來這麼多個，複製人喔。」我不以爲然地撇嘴。

許蓓菁再次用那種討人厭的曖昧目光打量我。

「妳幹什麼啦！很討厭欸！」這種眼神是怎麼回事啦！

「我只是覺得好像不太一樣了唷，妳以前明明會因爲我開孟尙閎的玩笑而生氣，現在卻好像變得無所謂，反而會爲我開康以玄的玩笑而生氣耶。」

「不要亂說。」

「我是認眞的，也許妳的戀弟情結會就此慢慢消失喔。」許蓓菁彈了一記響指，「不過妳聽說過轉學生的傳聞了嗎？」

「什麼傳聞？」

「她是從聖中轉過來的，聽說她對男生來者不拒喔，總之被傳得很難聽。妳弟最近好像跟她走得很近，妳有機會注意一下吧。」上課鐘響，她馬上從書包裡取出課本放在桌上，翻了幾頁。

她的話令我陷入思索。柴小熙是個不單純的女孩嗎？而我眞的在不知不覺間如此在意康以玄了嗎？

不，我只是認清了自己的角色，我是尙閎的姊姊，所以我應該用姊姊的態度面對這一切。

我拿出手機，傳訊息給張立貫，問他認不認識柴小熙這個人。

「她很有名啊，妳也認識她？」

「她轉學到我們學校。」

「這麼巧啊，她很漂亮吧。」

「我沒有要和你聊她的外表，她是個怎樣的女生？」

「傳言難聽得要命啊，反正她是因爲處理不好感情上的問題才會轉學，男生喜歡她喜歡得要死，女生討厭她討厭得要死，這樣明白了嗎？」

張立貫傳了張大笑的貼圖，過了幾分鐘又傳來下一則訊息：「別讓她接近康以玄，我可不想讓我親愛的弟弟和她扯上關係。」

放心，和她扯上關係的是我親愛的弟弟。

我關掉手機螢幕，看來柴小熙的風評果眞很不好，但不知爲什麼，我並沒有爲此心生擔憂。

放學時分，康以玄無預警地出現在教室外的走廊，他沒有叫我，而是和袁巧霓說起話來，那畫面令我感到噁心想吐。

我背起書包，從前門快速離開教室，朝尚閎的教室走去。

尚閎和柴小熙站在一起的畫面一樣令我難受，卻不至於讓我作嘔，兩種感覺不太一樣，不過都令我不舒服，都令我感到氣憤。

可是當我分別目睹這兩幕相似的畫面時，我選擇逃離康以玄，卻介入尚閎和柴小熙，兩者之間的差異到底是什麼？

我站在尚閎教室的窗邊，不發一語地盯著正在整理書包的柴小熙，我這模樣看在別人眼中大概非常詭異吧。

柴小熙一點也沒有露出驚訝之色，坦然地說：「我只是湊巧和他一起去合作社。」

我輕輕挑起一邊眉毛，難道只要對方不知道我是尚閎的姊姊，就能輕易發現我喜歡尚閎嗎？

「我聽過妳的傳聞，知道妳不會在乎對方有沒有女朋友。」我忍不住試探性地問。

「孟尚閎說妳不是他女朋友，所以就算妳再喜歡他也沒有用。」柴小熙抬頭對上我的雙眼。

她的態度堅定，沒有半分遲疑。

頓時我覺得一陣難受，卻不知這難受爲何而來，並不是被她這句話所傷，因爲我早就知道自己在尙閎心中的位置。

瞥見康以玄從樓梯那頭走過來，我分明逃開了，他還是追上了我，那樣從容不迫、慢條斯理。

就像一直以來那樣，他總是默默跟上我的步伐。

「還不走……喂，之杏？」

他朝我走近，我毫不留情地猛然撞開他，跌跌撞撞地跑開，眼淚無聲滑落。

我到底是在哭什麼？是因爲正處於多愁善感的十七歲嗎？對什麼事都容易感傷，什麼事都讓我想哭！

康以玄再次追上我，他用力攫住我的手腕，我要他放手，可是他死都不放開，甚至伸出另一隻手幫我擦眼淚。

「我自己擦就可以了！」我從口袋掏出揉成一團的衛生紙，胡亂擦拭臉上的淚水，瞪著他說：「幹麼跟著我？你不是去找袁巧霓嗎？」

「誰？」

還裝傻！

「孟之杏，妳在生什麼氣？」他的語氣充滿無可奈何。

「你不是和那個戴眼鏡的女生聊得很開心嗎？還來找我做什麼？你已經有新朋友了

啊。」

「是妳說要介紹朋友給我認識的，妳在生什麼氣？」

這下我更火了，「對，你就這麼想要認識別的女生嗎？」

康以玄一臉莫名其妙，他眉頭一皺，語氣轉硬，「不是，我以爲妳要介紹妳的朋友給我，我總不能不理她吧。」

「那很好啊，現在合唱團所有女生都會和你聊天了啊，你現在受歡迎了，很棒吧！」。

「孟之杏！妳到底……難道剛才那個轉學生對妳說了什麼難聽的話嗎？」

「不關她的事，是你！」我用力甩開他的手，快步走到另一邊的花圃走道，康以玄依然跟在我身後。

「我又做了什麼？」他的聲音聽起來十分困惑。

我腳步陡然一停，扭頭見他那副無辜的模樣，一把火在心中燒得猛烈。

憑什麼我要如此生氣？這個蠢蛋憑什麼讓我爲他掉眼淚！

我瞬間轉身直直朝他走去，雙手高舉，握拳打在他的胸口上，不是那種嬌滴滴的小拳頭，我的每一拳都用盡了全力。

「好痛！」康以玄被我打得忍不住叫痛，「孟之杏，妳這樣不分青紅皂白……」

「我討厭我明明喜歡尙閎，爲什麼還會這麼在意你？我討厭你，討厭你出現，討厭你闖進我的生活，討厭你有我不知道的過去！」

我哭著大喊，原本極力掙扎的康以玄霎時停下動作。

「我討厭你想認識別的女生，我討厭你不拒絕袁巧霓，我討厭每次、每次我逃開，你都追得上我！」未經思考的控訴一股腦脫口而出。

我哭得淒烈，康以玄突然張開臂膀抱住我，雙手緊緊在我的後背交疊，彷彿想把我整個人都嵌進他的身體裡。

我嚇得想掙脫他的懷抱，康以玄卻收緊了雙臂，不為所動，他低低的笑聲撓著我的耳廓。

「靠！笑屁！」我忿忿地咬牙，羞憤的感覺使我渾身發熱。

「這種時候怎麼會說髒話？」我看不見他的表情，但他的聲音依舊充滿笑意。

「放開我啦！」我覺得自己的臉一定超級紅，我從沒被男生這樣抱過，這下子眼淚全因為緊張感而縮了回去。

「我們把話說清楚了，我才放開妳。」

「要說清楚什麼？」我使勁推著他，心臟像打鼓般狂跳。

「妳為什麼生氣？還有妳說的人是誰？妳為什麼討厭我？」他一字一句慢慢地問。

我幾乎可以想像他現在的神色，一定是得意又欠揍的模樣。

「好啊，要說就來說，我怕你嗎？」反正無法掙脫，我也豁出去了，「你和袁巧霓交換聯絡方式了嗎？」

「袁巧霓是誰？」

「就是那個眼鏡妹，你還裝！」我用力掐了他的腰。

「喔，說要跟我做朋友的那個女生？她不是妳要介紹給我認識的朋友嗎？我才要生氣吧，妳爲什麼要答應這種事情？」他反過來指控我。

「答應什麼？」

「讓她跟我告白啊，我不需要女朋友，以後不要再這樣了。」他的聲調一沉，聽起來有些不高興。

「可是你剛剛明明就來找她……」我癟了癟嘴，想到方才那畫面就不舒坦。

「我是去找妳，她坐在窗邊，一看到我就跑出來跟我講話了，我只是隨便應了她兩聲，怎麼知道妳就突然走開。」他停頓了一下，「下午的時候，我也是跟她說『我只要有孟之杏就夠了』。」

周遭的氣溫像瞬間飆升了十度，我全身的血液都往臉上衝去，雙頰燙得快冒煙，還好現在我們看不到彼此的臉。

「這……這句話是什麼意思？」我好不容易才擠出一句話。

「就是字面上的意思呀。」他輕輕的笑聲聽起來滿是玩味。

「沒想到你也會這麼不正經。」我悶著聲音嘀咕。

「我隨時都很眞誠。」他環抱著我的手臂稍稍放鬆了些，「所以妳還在生氣嗎？」

「……走開啦。」

康以玄笑著鬆開手，我趕緊向後跳離他三步遠，要是被看見他那樣抱住我，就眞的跳到黃河都洗不清了。

「看樣子這招好像對妳滿有效的？」他手插在口袋，揚起一邊唇角。

「我不准你再這麼對我，知道嗎？」我的模樣一定狼狽至極，連警告聽起來都毫無威脅性。

「以後只要妳莫名其妙生氣，或是不聽我說話，我就會這樣抱住妳。」康以玄上身前傾，對我眨了眨眼。

「你敢？我告你性騷擾！」

「妳可以試試看我敢不敢，不過我倒是很肯定妳不會告我。」他賊賊地笑，這輕佻的表情我也是第一次看見，「所以不要亂生氣了，當然，如果妳想要我抱妳，我也願意配合。」

我用力打了他的肩膀一記。

第十章

和張立貫約好碰面的地點，離三淵和聖中都有一段距離，是我以前沒有機會來到的捷運站。

我遲到了三分鐘，沒想到張立貫比我還晚到。

「我們去對面的咖啡廳吧。」他雙手插在口袋，臉上的笑容一如往常輕浮。

「你知道我想問你什麼嗎？」過馬路的時候，我問。

「有關康以玄的過去，對吧？」他側過頭，饒富興味地看著我。

咖啡廳裡的人不多，我們刻意選了一個比較隱密的角落，找了張空桌坐下，他點了咖啡，我點了可可亞。

「我想康以玄一定已經告訴過妳，他是被領養的孩子吧？」

我點點頭。

「果然，妳大概是第一個讓他願意坦白說出這件事的朋友，不對，應該說，我沒想到他還會有朋友。」

聽到這句話，一股怒氣又忍不住冒上來，「你爲什麼要這樣說話？上次在聖中也一樣，你知道這樣很討人厭嗎？」

「我這樣說話怎麼了嗎？」張立貫一副莫名其妙的樣子。

「什麼叫康以玄沒有朋友？他現在很受女生歡迎！」

「是嗎？那眞是太好了！終於有女孩子發現他的魅力了嗎？」奇怪，張立貫看起來眞的很開心，這讓我皺了皺眉。

他的態度和我所認知的好像不太一樣，他怎麼……

忽然間，我想起了那天的雞腿便當。

「那個，你該不會其實很疼康以玄吧？」

「妳在講什麼？」張立貫蛤了好大一聲，「他是我最可愛的弟弟，我能不疼他嗎？」

所以是我誤會了嗎？張立貫很疼康以玄？我本來還以爲他看康以玄不爽！

「恕我冒昧，你的疼愛眞是讓人看不太出來。」我聳聳肩，「而且康以玄在聖中遇見你的時候，還想要逃開呢。」

「因爲他不想讓哥哥看見自己和別的女生走在一起吧，妳不覺得他彆扭得很可愛嗎？」張立貫雙手交疊抵著下巴。

原來……是個傻哥哥？

「所以你向馬伊紋打聽我，就是想知道康以玄的事情嗎？」

張立貫點頭，低頭啜了一口咖啡，「他從來不說學校的事，也沒看過他和朋友一起，老是面無表情，搞得別人不敢輕易靠近，明明沒做過什麼壞事，卻被誤會是不良少年，我一直擔心有人會眞的找他麻煩。他從小一直是這個樣子，已經和我們一起生活了這麼久，卻還是把自己當成外人一樣。」

我略略睜大了眼睛，這就是我對尙閎的感覺。

不管是我們對尙閎的愛，或尙閎對我們的愛都無庸置疑，可是他與我們之間，確實存在著某種難以消除的隔閡。

「但最近，我感覺到他改變了，所以當我在聖中看見他和妳站在一起的時候，妳知道我差點要哭了嗎？也許不管我多麼努力給予他親情與關愛，都比不上他找到一個能理解他的女朋友。」

「我不是他女朋友。」我立刻否認。

「不管是不是，我都不在乎，總之謝謝妳。」他雙手壓在左右兩邊的桌角，突然認眞地對我鞠躬。

雖然他是坐著，但這個禮太正式了，讓我嚇了一大跳。

「欸，你幹麼啦。」我困窘地說，連忙四下張望，深怕有人注意到我們。

「我很感謝他能遇到妳。」張立貫咧嘴一笑。

頓時覺得他這個樣子挺像個哥哥的。

我不由得想起尙閎，又想到柴小熙，會不會有那麼一天，我也會由衷感謝尙閎能遇見柴小熙？

「那……還有一件事想問你，我曾不小心看見康以玄的背，那些都是……」

張立貫瞪大眼睛，「妳看過他的背？是在什麼情況下看到的？」

「你不要亂想，當時一陣大風吹起他的襯衫，我無意間瞥見的。」我撇了撇嘴，「我不知道是不是自己眼花，有次問了康以玄，他叫我當作沒看見。」

「他……」張立貫抓抓頭，「反正我今天出來，就是打算都跟妳講清楚了，也沒什麼好隱瞞的，只是康以玄如果知道是我告訴妳，一定會很不高興。」

「我不會讓他知道的。」我發誓。

「我覺得知道一切比不知道好，這種事情我不會隨便告訴別人，因為是妳我才說的，懂嗎？」張立貫嚴正提醒。

「我也不會隨便告訴別人，我是真的關心康以玄。」我認真向他承諾。

張立貫微微鬆了口氣，又深吸一口氣，遲疑了一下才開口：「康以玄他……是受虐兒。」

康以玄是在七歲左右來到張立貫他們家，當時張立貫的媽媽固定在育幼院裡當義工，從社工那裡聽聞康以玄的事後，便自告奮勇願意擔任暫時的寄養家庭。

當他們全家初次見到康以玄本人時，全都驚愕得說不出話來，他的身形像五歲小孩一樣瘦小，孱弱不堪，好像風強一點就能把他吹走。

他的身上不僅滿布瘀青，還有許多料想不到的傷痕，光是被菸燙傷的疤痕就有將近十個左右。那些傷全都藏在衣服之下。他始終一聲不吭，任憑別人怎麼跟他搭話，他都置若罔聞。

社工說，他們接到警察通知，某個被捕的通緝犯家中有個小孩，所以前去探查，然後就在查訪附近鄰居時，意外發現了遭受虐待的康以玄。

康以玄的父母表面上行為正常，工作穩定，沒人料想得到他們竟會虐待自己的孩子。

「妳知道我當時有多震驚嗎？他年紀和我一樣大，看起來卻瘦弱得像根竹筷。」張立貫說他當時便在心中發誓，要讓康以玄在這個家安穩地生活。

於是，他們全家很有默契地接納康以玄成為家裡的一分子，後來辦理了領養手續，張立貫就這樣多了一個弟弟。

在張立貫一家的悉心照顧之下，康以玄日漸長成七歲男孩該有的身量，不過還是不太會笑，也不太會說話。他時常跟在張立貫身後，吃飯時會露出滿足的神情，偶爾還會跟張立貫的爸媽撒嬌。

但是張立貫一家都注意到，每當家人之間偶爾拌嘴吵架，或父母偶然舉起手時，康以玄都會嚇得全身哆嗦，面色慘白地僵在原地。

曾經被殘忍對待的過往，已深深扎根在他的心中。

「所以他沒辦法輕易相信人，一個人要建立起健全的心理，需要花費許多時間，破壞卻只需要一瞬間。直到現在，就算他心中明白我們不會傷害他，也已經強壯到不會再被隨意傷害，可是他的潛意識裡也許還是害怕著什麼，那是永遠不會痊癒的傷痕。」張立貫撓著後腦勺，眼神直勾勾地盯著我，「所以，孟之杏，也許妳是他的舒適圈，或是避風港，反正不管怎樣，妳對他很重要。」

我的心情無比複雜，雖然多少有猜到，可是當心中所想被證實時，總有股說不出的沉重。

「如果我是妳，我會很高興我的父母這麼愛我。」

康以玄的話浮現在我腦海之中，不論他從張立貫一家身上獲得多少愛，他仍會希望親生父母能夠愛自己，這是多麼寂寞的心情。

我和張立貫在捷運站分道揚鑣，他高大的身影佇立在月台上對我揮手，再次說了：「康以玄就拜託妳了，心上的傷痕雖然沒有辦法完全治癒，可是至少妳能讓他的心繼續前進。」

我給了張立貫一個微笑。

我不知道自己可以做到什麼程度，也不覺得自己有能耐讓康以玄忘卻傷痛，但我會陪著他，就像陪著尙閎一樣。

不知怎麼的，我忽然想起堅強的馬伊紋。

一直以爲平凡的幸福隨處可見，如今才意識到所謂的平凡，是多少人夢寐以求卻無法享有的？

我的父母，確實已盡力用他們的方式做到對我們負責，給予了我們深厚的愛。

✦

我和張立貫私下碰面這件事，成了一個祕密，我們沒再見過面，甚至連訊息交談都沒有。

某次的早自習時間，康以玄來找我準備去練唱的，非常難得的，尙閎也出現在我教室外的走廊。

他氣喘吁吁，神色緊張，我頓時發覺不對勁。

「之杏！」他跑到我身旁，看了站在旁邊的康以玄一眼，並沒有再說出要他不要靠近我之類的話，反而著急地問：「妳有沒有看見柴小熙？」

「柴小熙？那個轉學生？」我和康以玄面面相覷，「我們怎麼會看見她，怎麼了嗎？」

「她不見了！」尚閎大喊。

「不見？不就在學校裡上課嗎？怎麼會不見……」

「她的書包留在教室，手機也在書包裡，可是人失蹤了，連課桌椅也不見了！」尚閎既慌張又生氣，我從來沒看過他這麼緊張。

「尚閎，你先冷靜，既然她的書包跟手機還在教室，那她應該也還在學校裡。」我拍拍尚閎的肩膀，試著安撫他。

「她被欺負，她一直都被班上的同學欺負！誰知道她現在正被怎樣對待？」尚閎吼了出來，「都是我的錯，都是我沒有早點警告那些女生！」

柴小熙居然被欺負？那個看似尖銳又強勢的女孩，也默默承受著痛苦？不過她會被班上女生欺負，大概是因爲尚閎吧，因爲嫉妒，所以她們才把氣出在柴小熙身上。

看樣子，尚閎和柴小熙之間的確有什麼情愫嘍？

「我們分頭去找。」康以玄忽然拉起我的手。

「找到她以後用手機聯絡我，品睿和程子荻也在找人。」尚閎說完，立刻轉身飛快跑開。

凝視他的背影，我想起了當年那個胖胖的小男孩。

我不禁感慨萬千，曾經在賣場努力尋找我的那個胖男孩，如今正在努力尋找另一個女孩。

這個時候，尙閎也許摘下了面具，恢復了他眞實的面貌。

就像康以玄一樣，即便身邊有著愛他的家人，還是只會在另一個女孩面前，展現自己最眞實的一面。

或者，應該說，是女孩找到了他們。

如同我抓到康以玄躲在專科教室後方抽菸，柴小熙也找到了那個躲起來的尙閎。

原來不只有尙閎是仙杜瑞拉，所有人都是仙杜瑞拉，連我也是，我們都將眞實的自己囚禁在閣樓之中。

幸福只是曇花一現，魔法終究會解除。

我曾因爲喜歡尙閎而感到痛苦，即便告訴康以玄這個祕密，我的心卻沒有因此找到出口，然而值得慶幸的是，有些人事物會隨著時間改變，時間也會幫忙我們看清一些事。

「走吧，我們去找柴小熙。」我反握住康以玄的手。

他微微睜大眼睛，有些狐疑地注視著我：「妳怎麼了？」

「我沒怎樣呀。」

「如果妳很難過的話，我可以……」

我恍然大悟，他以爲我會因爲目睹尙閎爲另一個女孩著急而感到難過，才突然拉住我的手？

「說什麼啊，走吧。」我捏了捏他的手，拉著他往前奔跑。

「孟之杏，妳怎麼啦？難道妳不在意了？」康以玄還真是不死心，在後頭不放棄地追問著。

「就跟你說的一樣，你有孟之杏就夠了，而我有康以玄就夠了。」我停下腳步，轉過頭凝望他，「所有的一切都謝謝你。」

「我做了什麼嗎？」

「你做了很多。」我微微一笑。

康以玄只是挑了挑眉，或許他不完全明白我話中的涵義，那也沒關係。

透過手機的討論群組通知，我們避開其他人找過的地方，尋遍了學校各處，甚至連老師專用廁所和學校的花圃都找過，但一點蛛絲馬跡也沒有。

「你平常會躲的地方除了專科教室之外，還有別的嗎？」

康以玄聳聳肩，「有個地方很少有學生會去，應該不太可能……」

「哪裡？」我拿出面紙擦掉額頭的汗水，「別管可不可能了，先去找找看。」

「地下室，可是那裡很昏暗。」

「沒關係，我們過去……」

放在口袋裡的手機突然一震，是尚閎傳來通知，說他在地下室找到柴小熙了。
我把手機螢幕轉給康以玄看，「她真的在地下室。」
「我不是很喜歡那個地方，昏暗、陰冷。」康以玄皺眉。
「天啊！之杏姊，你們也正要去地下室那裡嗎？」
有個女孩冒冒失失地朝我衝了過來，我一時之間沒認出她是誰，直到看見追在那女孩身後的沈品睿。
她是沈品睿的青梅竹馬，叫程子荻，前陣子尚閎跟我提起過。
「既然人已經找到了，我們就不過去了。」我淡淡地說。
是啊，姊姊還過去湊什麼熱鬧呢？
「不太對啊，之杏姊，喔，不能叫姊，尚閎只說在地下室找到柴小熙，又沒叫我們不用過去，看樣子應該是有什麼麻煩吧。」連一向悠悠哉哉的沈品睿看起來都有幾分緊張，「一起去看看吧，反正第一節課都已經過了十五分鐘了。」
「好吧，去看看。」我轉頭望向康以玄，「你不喜歡地下室，不然就別去了吧？」
既然康以玄說他不喜歡地下室，想必和過往的經歷有關，我不想讓他觸及任何會回想起從前的場景。
「沒關係。」他說，然後主動牽起我的手。
「哇，尚閎要是知道了，會很生氣吧。」沈品睿瞄了眼我和康以玄交握的手，吹了一聲響亮的口哨。

「別鬧了，快點走吧！」程子荻打了他一下，迅速朝樓梯間奔去。

我和康以玄走在最後面，步下樓梯時，他忽然用力拉了拉我的手。

「怎麼了？」因爲站在下一級階梯，導致原本身高就比他矮的我看起來更矮了。

「孟之杏，我講這句話可能很怪。」他微微扯動嘴角，「但是我滿喜歡妳的。」

「蛤？幹麼這時候講這些？」我被他突如其來的舉動嚇到，臉頰湧上一片燥熱。

「只是覺得，還是該跟妳說一下。」他輕輕一笑，鬆開我的手。

「嗯。」我點點頭，轉身飛快地往樓梯下去。

我抑制不了嘴角上揚的弧度，此刻這種充滿幸福的感覺，會不會也是另一種魔法？而我一步步走下階梯時，會不會就此更接近魔法解除的時刻？

「什麼啊！我們四處奔波找人，你們在這裡甜蜜手牽手！」一抵達地下室，就聽見沈品睿在鬼吼鬼叫。

我探頭看去，捕捉到柴小熙的手從尙閎手中抽開的一瞬間，不過我一點也沒有心痛的感覺。

仔細觀察眼前情況，正如沈品睿所言，柴小熙的確被人刻意關在存放課桌椅的地下室裡。

「你們看這個。」尙閎伸手指向捆在門上的鐵鍊。

「幹，太誇張了吧，哪來的鐵鍊？」沈品睿嘖了聲。

「那應該是鎖住頂樓入口的鐵鍊吧，我早上有發現鐵鍊不見了。」康以玄說，似乎顯得有些不適，額冒冷汗。

「所以你剛剛蹺課去頂樓？」我擰眉伸手碰觸他的手臂，卻發現指尖觸及的肌膚十分冰冷。

「難得頂樓沒鎖，當然要上去看看。」他扯出一抹看似輕鬆的笑。

「不要講這個了，這鎖要怎麼打開？天啊，柴小熙，妳被關在這裡多久了？」程子荻擔憂地問。

「大概五十分鐘吧。」柴小熙說。

「找找看有沒有斧頭，直接把鎖劈開好了。」沈品睿提議。

我沒接話，目光繼續盯著康以玄，他看起來好像快要昏倒了。我想叫他回教室，不要繼續待在這個陰冷潮溼的地方，這樣的地方，會讓那些不好的回憶湧上。

「不用，我有萬能鑰匙。」然而康以玄卻從口袋掏出兩根像是鐵絲的東西。

「你連這種東西都有？你連開鎖都會啊！」沈品睿誇張的聲調中竟帶著讚歎。

「康以玄！」我大喊。該不會要用那個開鎖吧，難道是張立貫教他的？

他神祕一笑，走到鎖頭前面蹲下，有模有樣地將兩根鐵絲戳到鑰匙孔中，但下一秒便站起來把鐵絲一扔。

「開玩笑的，我不會開鎖。」

「都什麼時候了，還開玩笑！」我伸手打他。

不過還好，還能開玩笑的話，就表示他應該沒事。

「我看大家太緊張，緩和一下氣氛罷了。」他聳聳肩，朝另一個方向走去，拿起放在一旁架子上的大鐵剪。

一陣忙亂之後，康以玄將刀嘴對準鐵鍊，用力一壓，鏗鏘一聲，鍊子和鎖頭掉在地上。

尚閎立刻上前打開門，只見站在門裡的柴小熙一身狼狽，看起來就是剛狠狠哭過一場。

程子荻氣呼呼地要柴小熙把眼淚擦乾，卻找不到衛生紙，於是我走上前，從口袋拿出衛生紙遞給柴小熙。

她似乎很訝異於我的舉動，而我只是淡淡地對她笑了笑。

這個女孩，也許眞的能夠成爲尚閎心中那個特別的人，畢竟尚閎以前從來不曾爲誰流露出慌張的神情，也不曾爲一個人發怒或自責。

「你們班上喜歡尚閎的女生都有嫌疑，小心一點。」我說。

「那有嫌疑的人還滿多的，不過我大概有底了。」程子荻恨得牙癢癢

站在一旁的尚閎和沈品睿都像是氣到說不出話似的，一聲不吭。

「康以玄，快點回去上課了，你不准再蹺課喔。」我轉頭提醒康以玄。

「盡量。」他揚了揚眉。

於是我們兩個先行離開，剩下的就交給他們自行處理。

當我走出陰暗的地下室，望見陽光灑下的瞬間，我內心的什麼彷彿也隨之瓦解了。

就像是仙杜瑞拉褪去了一身華服，回歸到最眞實的自己。

然後我哭了起來。

康以玄牽著我的手，領著我來到專科教室後方，溫柔地擦去我的眼淚，然後輕擁著我。

這一次，我伸手回抱住他。

對於我的反應，康以玄似乎很驚訝，「孟之杏，妳不是在爲妳弟弟的事而傷心嗎？那這個擁抱，我該如何解讀？」

「愛有很多種形式，我對尙閎的感情很複雜，不管是不是愛情，那都不重要了。」我從他的懷中抬頭，凝視他的臉，「比起分不清是否爲愛情的喜歡，我對尙閎更懷抱著手足之間的親情。我深深愛著尙閎這個弟弟，所以我希望他獲得幸福，在能讓他展露眞實面貌的女孩面前開心笑著。」

「這是妥協嗎？」他抿著微笑，再次爲我擦拭頰邊的淚水。

我用力搖頭，「只是認清了事實。」

他摸摸我的頭，像是在獎勵孩子：「妳長大了。」

「我一直都很大好嗎？」

「是嗎？哪裡？沒有感覺到。」

我用力踩了他的腳一下，「康以玄，你在講什麼！」

「哈哈哈。」他開心地大笑，陽光灑落在他的臉上，此刻他看起來就像個無憂無慮的開朗少年，若是旁人看見這個表情，一定也會喜歡上他。

傷痛就算不會有完全痊癒的一日，但只要一直走在陽光之下，冰封的心還是能逐漸被融化。

「也許我只有在妳面前，才能展現眞實的自己。」他輕聲說。

「我也是。」我的唇揚起一彎弧度。

今天，我經歷了許多第一次，第一次蹺掉社團活動，第一次蹺掉第一堂課，第一次和男生手牽手站在這裡。

至於我現在是不是和康以玄正式交往，我秉持保留的態度，反正康以玄也沒特別說什麼，我們的相處模式還是跟以前一樣。

✦

寒假的某天，爸爸難得回到家中，當時除了窩在房間裡的我以外，沒有人在家。

我想爸爸大概不知道我在家，所以他沒有出聲喚我，不知怎麼的，我也沒想主動走出房間。

不久，我聽見他往書房走去，好奇心升起，我悄悄打開房門，躡手躡腳地跟上，站在書房門邊朝裡窺探。許久沒見到爸爸，他看起來氣色不錯，我原以爲他是要拿書櫃裡的書，卻發現他拿出了一本相簿。

那本相簿我從未見過，墨綠色的封面有些斑駁，爸爸翻開相簿，臉上露出我從未見過的溫柔微笑。

大概是太訝異了，我不小心往門上推了一把，發出聲響，爸爸臉上閃過驚愕，瞬間闔上手中的相簿。

「爸爸。」我主動從門後走出來，「你回來了呀。」

「喔，之杏，我不知道妳在家。」爸爸笑了笑。

「你今天會留下來吃晚餐嗎？」我問。

「不，我拿完東西就會離開，你們吃就好。」爸爸把那本相簿收進公事包，「下次我們可以一起去外面吃飯，好嗎？」

「當然好。」我忍不住雙手緊握，鼓足了勇氣後說：「爸，你在外面有另一個家庭嗎？」

爸爸高高挑起了眉毛，「爲什麼這麼問？」

「不然，爲什麼你都和媽生下三個孩子了，卻還是無法一起生活呢？」我咬著下唇，「我知道我一直是家裡最不理性的人，可是，爸，我可以知道眞相吧？我有權利知道吧？」

「之杏……」

「我可以接受眞相的，自從爸搬出去之後，我漸漸明白了自己其實很幸福，我也不希望爸媽爲了我們，繼續勉強維持有名無實的婚姻。」知足很難，但得學會知足才行，我很努力珍惜自己所擁有的，並放開可能失去的。

爸爸露出欣慰的微笑，「之杏，怎麼忽然之間，妳好像長大了很多呢。」

「人總是會長大的。」

「希望不是我們逼得妳長大。」爸爸拉開椅子，「既然妳想知道，那就過來吧。」

我走到爸爸旁邊的椅子坐下，他從公事包中取出了那本墨綠色的相簿。

他小心翼翼翻開看起來很有年代感的相簿，第一張映入眼簾的是他年輕時的照片，大約十幾歲，穿著高中制服。

「我沒有另一個家庭，結婚以後，我從來沒有背叛過妳媽媽，當然，妳媽媽也沒有，我們最大的過錯只是無法相愛。」爸爸翻到下一頁，是他和一個女孩的合照。

「這是……」

照片裡的女孩笑容燦爛，神情透露出一絲靦腆，她和爸爸手牽著手，情竇初開的喜悅表露無遺。

「她是我的第一個女朋友，也是我唯一眞正愛過的女孩，同時……也是尙閎的親生母親。」

我的心臟猛然一揪，「所以、所以尙閎和我有血緣關係？」

「我剛剛說了，我沒有背叛過妳的媽媽，即便我很愛這個女孩，即便和她分手時我痛不欲生。妳媽媽年輕時經歷過什麼我不知道，但我們都因爲家族的關係，選擇結婚，卻始終無法相愛，因爲我早已把愛情都給了別人。這個女孩和我分手之後，就消失無蹤，我找不到任何關於她的消息。

「直到那年，我輾轉得知她過世好幾年了，她沒有結婚，孤身一人服藥死在租屋處。我無法想像那個單純、愛笑的女孩，會走上自殺這條路……一切都是我的錯。於是，我開始調查她走過的人生，最後發現她曾生下一個兒子，只是不知道父親是誰，在她自殺身亡後，兒子便被送往育幼院。」

「就是尙閎嗎？」我摀住嘴，不敢置信。

爸爸輕輕點頭，「因此我和妳媽媽商量，把這孩子帶回家，欺騙家族這是我的骨肉，是我和那個女人所生，妳媽媽答應了。」

我愣住了，傻傻地看著爸爸眼中流露出的疲憊之色。

「即使我沒有愛過妳媽，也從來沒有背叛過她。」爸爸輕撫著相片上那個與尚閎有些神似的女人，「人生走到這裡，才發覺任何事情都有可能發生，珍惜當下說得容易做起來困難重重。」

「爸，你和媽……會後悔嗎？」我咬著下唇。眼前這個我所敬愛的父親，他的樣貌與照片上的年輕小伙子已經相差太遠，曾經純眞的笑容不可能再重現。

「後悔嗎？人生走到一定的階段，已經沒有所謂的後不後悔。」爸爸朝我靠了過來，輕輕抱住我，「但是我愛妳，愛千裔，也愛夕旖，當然也愛尚閎，你們是我人生中最美麗的禮物。」

我忍不住大哭，回抱住爸爸。

愛如此美好，也如此哀傷，令人胸口滿溢著疼痛與幸福。

過去已經離得太遙遠，未來卻又模糊得看不清楚，活在當下，究竟該怎麼做才是對的？

我的父母依舊沒有離婚，但也依舊異地而居。

或許，這世界上也是有像我家這樣的完美家庭存在。

第十一章

這陣子以來，我對於許多事都慢慢釋懷了，心頭輕鬆不少。

若要說還有什麼讓我掛心的事，就是尙閎和柴小熙了。

我私下問過程子荻，尙閎和柴小熙現在到底是什麼狀況，她說他們兩人之間曖昧得很，只是好像沒有在一起。

「奇怪了，之杏姊，妳怎麼會問我，而不是問沈品睿呢？」她在電話那頭好奇地問。

「子荻，妳是聰明的女孩，我就直說了。我想妳應該有發現沈品睿是個很難看透的人吧？」

「我是他的青梅竹馬，我知道。」她輕聲說。

「那妳應該也有發現，他對柴小熙……」我沒把話說完。

「我知道。」她再度輕輕回應。

「所以我不問他，因爲我不知道他會不會對我說謊，或是我的探問會不會對他造成傷害。」那個一直陪在尙閎身邊的男孩，同樣用笑容掩蓋內心。

他或許也遇見了可以讓他展現眞實自我的女孩，只是那個女孩屬於尙閎，所以沈品睿選擇放手。

雖然這只是我的猜想，但感覺八九不離十。

人總歸是自私的，我希望自己的弟弟幸福，因此決定忽視沈品睿的感情，推尙閎和柴小熙一把。

從程子荻那邊問來了柴小熙的電話，尙閎生日這一天，我決定把她叫來家裡。

說到尙閎的生日，印象中，他剛來家裡時，曾說過不知道自己的生日是哪天。

「你的生日就讓我來幫你決定，好嗎？」

當時，爸爸爲他選定了一個日期，作爲他的生日。

後來我問過爸爸，證實那就是尙閎眞正的出生日期。

至於爲什麼不告訴尙閎眞相？

爲何不讓他知道自己的親生母親是誰，以及爸爸和他的淵源？

我只是覺得現在還不到時候，終有一天會告訴尙閎的，而且我也希望是由爸爸親自告訴他，而不是透過我口中得知。

也許在尙閎心中，有過許多爲什麼自己會在育幼院長大的猜測，可能最後也選擇了一個他最能接受的理由。

如果告訴他眞相，對他比較好，還是比較不好？

對此，我沒有答案。

此刻他還能在我眼前快樂地笑著，這比什麼都重要。

「喂，妳在偷懶嗎？」千裔的頭探進我房裡催促，「快點來客廳幫忙準備，爸爸今天也會回來耶！」

「我知道，我打完這通電話就過去。」我對她擺了擺手。

「妳還要叫誰來嗎？」夕旖穿著一件花裙子從我房前經過。

「嗯，還要再叫一個朋友過來。」我微微扯動嘴角，「尙閎的朋友。」

「沈品睿不是已經說會晚點到了嗎？」夕旖又問。

「妳們問題也太多，等一下就知道了啦！」我再次擺手，不耐煩地要她們兩個趕緊走開。

「好哇，現在連之杏的翅膀都硬了，那個動不動就又哭又叫的之杏去哪裡了？」

夕旖故作悲傷，揩著眼角根本不存在的淚水，千裔深有同感地搖了搖頭，兩個人手勾手離開我的房門前。

我半掩上門扉，在手機裡輸入柴小熙的電話號碼，然後按下通話鍵。

過沒多久，她接起來，疑惑地喂了聲。

「柴小熙嗎？我是之杏。」

「之杏，怎麼回事？」她聽起來很訝異。

「妳今天怎麼沒過來？」

「過來……哪裡？」

「我們家啊，尙閎要轉學了，今天是歡送會。」這是善意的謊言，唯有面臨離別，才會湧起想要珍惜的心。

聽見她在電話那頭倒抽了一口氣，我隨即報出家中地址，要她快點過來，接著掛斷電話。

「爲什麼要說這種謊？」康以玄拿著兩杯飲料，倚著門框，隨性的姿態頗有幾分帥氣。

「這是善意的謊言，神會原諒我的。」我笑著對他招手。

他移步到我身邊，把飲料交給我，「熱的。」

「還是熱的啊。」我皺了皺眉，指指窗外，這時陽光正盛，「天氣都這麼熱了。」

「妳要好好照顧自己的身體。」他輕輕摸了摸我的頭。

我與康以玄之間的感情，並沒有太激烈的波瀾起伏，就這麼自然而然地走在一起，陪伴在彼此身邊。

直到某天才忽然察覺，就是他了，就是這個人了。

也是有這樣的戀愛。

我揚起微笑，牽起他的手，他先是低頭看著我倆交握的手，然後抬起頭凝視我，瞳仁中映出淺淺笑意。

「咳咳。」門口忽然傳來十分刻意的咳嗽聲，尙閎站在那裡，一臉不悅。

「幹麼？」我挑眉。

「不要在家裡放閃好嗎？」他嘖了一聲，視線轉向康以玄，「而且不是叫你不要黏著之杏嗎，結果現在居然變成她男朋友？」

康以玄嘴角勾起，「你是怕姊姊被搶走嗎？」

彷彿沒料到康以玄會如此回應，尙閎臉上頓時一僵，啞口無言，這反應讓我不由得笑了出來。

「哈哈，你輸了啦！倒是你，爲什麼沒邀柴小熙過來？」

「突然把她叫到家裡……這樣不會很奇怪嗎？」尙閎抓了抓頭，顯得有點不太好意思。

「快點去客廳吧，壽星。」我連聲催促，尙閎才老大不情願地朝客廳走去。

望著他的背影，過往回憶忽然像跑馬燈般掠過眼前。

「等一下，尙閎。」我不禁出聲喚住他。

尙閎轉過頭，表情有些疑惑地等待我接話。

我看了康以玄一眼，微笑著再度將目光移往尙閎身上。

我曾經爲這個男孩那麼難過、糾結、痛苦，卻又那麼幸福……

「我很喜歡你，尚閎。」

「幹麼啦，肉麻。」尚閎的臉瞬間泛紅。

「我只是想讓你知道。」這份喜歡包含的意義太多，連我自己也說不清楚。

但必須讓他知道。

「我也喜歡妳呀，之杏。」尚閎望著我，露出陽光似的溫暖笑顏。

所謂的感動就是這麼一回事吧？

我眼眶泛淚，被愛著是如此幸福。

「現在是誰在放閃呢？」康以玄有些吃味。

「是你們。」尚閎指著我和康以玄交握的手，帶著笑意轉身。

我更加用力握緊康以玄的手，並在他的手背輕輕印下一吻。

他搖搖頭，朝我微笑，「我有話想跟妳說。」

「什麼話？」

「等等再跟妳說吧。」他神祕一笑。

「嗯。」我輕撫著他的手，走出房間。

客廳裡或坐或站著許多客人，尚閎、夕旖與千裔的朋友全都和樂融融地高聲談笑，熱鬧非凡。

媽媽正在廚房裡忙著準備點心，爸爸晚點也會回來，而康以玄就站在我身邊，所有我深愛的人都聚集在這裡了。

正巧樓下的警衛打電話來，我搶先接起，警衛通知我柴小熙已經到了。當家裡的門鈴響起，我要尚閎過去開門。

「妳怎麼……」尚閎訝異地說，柴小熙從尚閎身側探出頭來。

兩人不知道說了些什麼，然後她好像哭了，尚閎一臉慌張。

坐在沙發上的我輕輕拍了拍康以玄的膝蓋，然後起身朝門口走去。

還沒走到他們兩人身畔，尚閎就轉過頭驚訝地對我大喊：「孟之杏！妳說了什麼嗎？」

我小跑步過去，身上的紅洋裝裙襬隨風飛揚，對尚閎俏皮地眨了眨眼睛：「說了一點謊，這可是我送你的生日禮物喔。」

柴小熙訝異地問：「今天是你生日？」

你們究竟是有多不熟呀！

「那也就是妳的生日嘍？」柴小熙問我。

「哦，不，我生日已經過了。」我歪著頭，微微一笑，相信有一天，尚閎會告訴柴小熙實情。

我從鞋櫃中拿出一雙室內拖鞋放到地板上，「柴小熙，謝謝妳了。」

我由衷感謝她，就像張立貫感謝我一樣。

身爲尚閎的姊姊，我很高興尚閎能遇見他喜歡的人。

後來不知道是哪個人起鬨，大喊著尚閎帶了女生回家。

千裔和夕旖馬上衝了過來，畢竟我們親愛的弟弟從來沒交過女友，趁機調侃弟弟一番，可是姊姊的職責！

「什麼？孟尚閎帶女生回來？」千裔喊。

「在哪裡，我要看！」夕旖說。

「喂，你們要去哪裡啦！」我忍不住笑。

只見尚閎迅速關上門，就這樣帶著柴小熙從家裡走了出去。

「居然就這樣走了。」夕旖搖頭，「弟弟和妹妹都長大了，讓身爲姊姊的我好傷心。」

「少裝模作樣了。」千裔打了她的頭一記。

「反正他等一下就會帶回家裡介紹了。」我走回康以玄身邊，對他說：「你剛剛想對我說什麼？」

「之杏，聽說妳和我哥見過面了？」

我的臉瞬間一僵。

康以玄沒有對我發怒，只是淡淡地問：「我們可以去房間裡談嗎？」

我點頭，覺得渾身緊繃，連夕旖虧我們去房間幹什麼，我都沒辦法像平常那樣回嘴，不過我注意到千裔捏了捏夕旖的臉，要她安靜。

一關上房門，我立刻向他道歉。

「我知道我這樣做你一定會不高興，但我……」

「我沒有要責怪妳，雖然那的確是我不想提起的過去。」他隨意坐在地板上，「妳真的喜歡我嗎？」

我不懂他問這句話的意思，一時不知該怎麼回應。

「不是因為同情？」他又問。

我馬上用力搖頭，「怎麼可能是因為同情！」

「我想也是。」他開懷一笑，朝我張開雙臂。

我立刻撲進他的懷中，緊緊擁抱著他。

「對不起，我以後不會再這樣了。」我輕聲承諾。

「之杏居然會道歉，看樣子妳真的很喜歡我。」

他居然講這種話，可是算了，這是事實。

「就算妳不問立貫哥，有一天我還是會告訴妳。」他說，「畢竟如果哪天脫了衣服，讓妳看見我身上的傷痕，妳也一定會問。」

「這句話是性騷擾嗎？」我猛地抬頭，瞇起眼睛，「你現在是在我家、我的房間裡，對我性騷擾嗎？」

「這是騷擾嗎？」他輕笑了兩聲。

我們就這樣擁抱著彼此，靜靜坐在地上，什麼話都不用說，感受著周遭的靜謐，客廳的喧鬧彷彿從好遠好遠的地方傳來，耳邊只能清楚聽見彼此的心跳。

他說，他的親生父母早就沒了感情，每天都激烈地爭吵，在爭執中屢次提及要不是有了孩子，當初才不會結婚，他們把所有生活中的不順遂都歸咎於「因爲有了小孩」。

康以玄承受著他們的怒氣，也認爲家庭不睦都是自己的錯。

而後，母親在外頭有了其他男人，父親憤怒至極。

「如果不是有小孩，你以爲我會嫁給你嗎？」母親最常用這句話來激怒父親。

「爲了小孩，我不會跟妳離婚，妳永遠別想和外面的男人在一起！」父親總是如此怒喊。

然而這兩個形同陌路的人，不約而同地選擇對康以玄施暴。

康以玄的父母口口聲聲說愛他，卻對他做出與愛相違背的事情。

我緊緊抱著康以玄，明白了他說過的那些話語裡，包含了多深的痛苦。

我不能給任何意見、不能表現出同情難過，只能緊緊抱著他。

用行動告訴他，我很愛他。

「我想告訴妳一件事。」他鬆開抱著我的手，面向我坐直了身子。

「嗯？」

「很久以前，當我在那個昏暗的房間裡，覺得隨時死去都沒有關係的時候，有道歌聲給了我救贖，成爲我活下去的動力。」

有一天會離開，

不再回來，也不會想念，

像小鳥一樣飛到好遠好遠的地方，

就像仙杜瑞拉獲得救贖，永遠過著幸福快樂的日子。

康以玄低聲哼出他記憶中的曲調，我心頭猛地一震。

「我不知道住在隔壁的那個女孩是誰，但每次我被打到幾乎要斷氣時，是那女孩的歌聲給了我活下去的勇氣。我告訴自己，有天我會飛到很遠的地方，不再回來。」他再度用力抱住我，「妳的聲音和她很像，所以我才注意到妳。我知道妳不是她，可是……我喜歡上妳了。」

我的心臟劇烈跳動，四周彷彿變成眞空狀態，僅剩男孩與女孩重疊的歌聲，不斷在耳邊徘徊。

那首歌，馬伊紋曾經唱過。

馬伊紋就是那個「她」，而康以玄就是那個「他」嗎？

「之杏，妳怎麼了？」康以玄察覺到我臉色有異，連忙關心地問。

「不，沒什麼。」我勉強擠出一抹笑，鎮定地看著他，「如果有一天你遇見那個女孩，你會怎麼做？」

「我再也遇不到她了吧。」康以玄沒有正面回答，只是伸手輕撫我的臉龐。

「因為每次唱歌，都會讓我想起當時的自己，那段人不像人、鬼不像鬼的日子，以及那種用別人的不幸來安慰自己的心態，這讓我覺得很痛苦。」

我想起馬伊紋的話。

如果她知道，康以玄就是當初那個被她拿來比較、拿來安慰自己的男孩，她會覺得好過嗎？

這個眞相，該不該說出來？

怎麼辦？我該告訴他嗎？

但是如果、如果他因此親近馬伊紋，甚至喜歡上她，那該怎麼辦？

爲了馬伊紋，我不該說，我不該讓馬伊紋感到痛苦。

不對，不是因爲馬伊紋，不是爲了她。

我只是爲了自己。

對不起，對不起，請你原諒我的隱瞞，也請妳原諒我的沉默，因爲我好怕，怕你們知道彼此就是追尋已久的那個人時，會不會燃起什麼。

康以玄會不會離我而去？

這麼深的羈絆，要如何不引起火花？

「之杏，妳怪怪的，哪裡不舒服嗎？」康以玄雙手捧著我的臉，專注地觀察我的表情，他手心的溫暖傳遞過來，令我眼眶發熱。

我輕輕搖頭，努力不讓眼淚流出，對他露出燦爛的笑靨。

「從今以後，就讓我單獨爲你唱歌吧。」我說。

如果愛情這樣憂傷　爲何不讓我分享
日夜都問你也不回答　怎麼你會變這樣
想要問問你敢不敢　像你說過那樣的愛我
像我這樣爲愛癡狂　到底你會怎麼想

我看著他清澈的眼眸，唱出我最眞摯的情感。

在魔法解除的那個瞬間，仙杜瑞拉最擔心的到底是什麼呢？

是再次察覺自己根本不是光鮮亮麗的公主？

還是恐懼王子看見她的眞面目會失望離開？

「康以玄，不管我做了什麼，你永遠都不會眞正對我生氣吧？」

「嗯，不管妳做了什麼。」他輕吻我的額頭。

淚水終究忍不住滑落。

當說出眞相的那天到來時，不論這甜蜜美好的魔法是否還存在，我都會記得他此刻的吻。

我閉上眼睛，不停哼唱著〈爲愛癡狂〉，爲那個躲藏在我們心中的仙杜瑞拉。

因爲我愛你，才會害怕失去，害怕午夜十二點一到，幸福就會像一場美夢般，轉眼消失無蹤。

也許所有人都是仙杜瑞拉，都害怕魔法解除的時刻，擔心一旦展露眞實的自己，生命中最重要的人就會爲此離去。

越是深愛對方，越容易恐懼，所有的擔憂與不安、猜疑與妒忌，又或是幸福與快樂，其實都源自於愛。

睜開雙眼，我凝望著康以玄，用力握緊他的手。

他眞實地存在於我的眼前，絕不是終有一刻會消失的魔法，我與他的這份感情也不是。

有一天，我會告訴你的。當我的心靈堅強到不再害怕失去你，當我覺得時機成熟時，我會告訴你所有的一切。

在此之前，就讓我再抱緊你一分鐘吧。

全文完

後記
每個人都是仙杜瑞拉

童話愛情系列來到第二部，也揭開了孟家更深一層的背景。

在《人魚不哭》裡，稍稍提到了孟之杏對於孟尚閎那若有似無的戀愛情愫，而在《閣樓裡的仙杜瑞拉》，這份情愫詮釋得更加明確了。

也許我們每個人都是仙杜瑞拉，藉助於魔法，讓自己變得光鮮亮麗，受人喜愛與豔羨；然而眞實的自我卻躲在陰暗之處，依舊缺乏自信，依舊覺得自己沒有被誰愛著。

但如同孟尚閎與柴小熙找到彼此一般，孟之杏和康以玄也找到了那個躲藏起來的自己，並愛著對方。

只是故事的結尾，卻停在一個謊言。

最終，孟之杏是不是還是無法逃離午夜十二點魔法解除時的恐懼呢？

我們其實都該更相信王子或公主一些，也該對眞實的自己更有信心一些，即便是透過魔法才讓對方注意到我們，也要相信眞實的自己，最後還是能被對方所接受。

書中提到孟之杏參加了合唱團，這其實出自於我過往的經驗，我和團員們曾一起在一個寬闊的開放場所練習唱歌，當時聲音隨風散去的失落感讓我記憶猶新。因此，待回到舞臺上演出時，我更加珍惜眾人的聲音可以凝聚在一起的感覺。

另外，不知道大家有沒有發現，書中簡單提到孟尙閎的過去時，你們注意到他眞正的背景了嗎？

各位都知道，我最喜歡讓每個故事之間存在小小的關連性了，這次的關鍵字是阿太、大地育幼院，大家想到什麼了嗎？

想必你們都已經發現了吧！這種小驚喜早在我寫《青春疼痛三部曲》時就已經決定好了。

不過儘管這個想法早已在心中成形，不過等到故事寫完、出版成書，一直到這本書拿在你們手上，需要經歷一段很長的時間，所以我總是得先把這些類似的想法憋在心裡許久，無法即時與大家分享，長久下來，眞的會得內傷啊。

可是每當看見大家發現這些小彩蛋時的驚喜，又讓我覺得一切很值得，感到非常開心。

在寫故事的時候，我有時其實只是想闡述一個很簡單的想法，卻不知不覺寫成了將近十萬字的小說，甚至在最一開始的時候，我並沒有設想最後會變成這樣的劇情。

如同我一直強調的，寫著寫著，最後故事會自己發展。

就像角色有了生命一樣，他們會自己說話，事件會自己發生，一切如此自然，如此奇妙。

不知道當我提筆寫下夕旖與千裔的故事時，又會出現什麼樣的情節變化呢？

很感謝你們與我一起迎接這次的童話愛情系列作，就讓我們繼續陪伴孟家四姊弟的成長吧。

也謝謝馥蔓寬容地接受我二〇一六上半年有點散仙的狀態，一直維持準時交稿好習慣的我，二〇一六年整個很不對勁。

一定是星象的緣故！（亂牽拖）

最後，一樣要跟大家說那句話：我們下次見啦！

Misa

國家圖書館出版品預行編目資料

閣樓裡的仙杜瑞拉 / Misa著. -- 初版. -- 臺北市；
城邦原創, 民 105.09
面；公分. --

ISBN 978-986-93420-5-6（平裝）

857.7　　105016715

閣樓裡的仙杜瑞拉

作　　者／Misa
企畫選書／楊馥蔓
責任編輯／楊馥蔓、簡尤莉、陳思涵

行銷業務／林政杰
總 編 輯／楊馥蔓
總 經 理／伍文翠
發 行 人／何飛鵬
法律顧問／元禾法律事務所　王子文律師
出　　版／城邦原創股份有限公司
台北市中山區民生東路二段 141 號 6 樓
電話：(02) 2509-5506　傳眞：(02) 2500-1933
E-mail：service@popo.tw
發　　行／英屬蓋曼群島商家庭傳媒股份有限公司城邦分公司
聯絡地址：台北市中山區民生東路二段 141 號 11 樓
書虫客服服務專線：(02) 25007718・(02) 25007719
24小時傳眞服務：(02) 25001990・(02) 25001991
服務時間：週一至週五09:30-12:00・13:30-17:00
郵撥帳號：19863813　戶名：書虫股份有限公司
讀者服務信箱 email：service@readingclub.com.tw
城邦讀書花園網址：www.cite.com.tw
香港發行所／城邦（香港）出版集團有限公司
地址：香港灣仔駱克道 193 號東超商業中心 1 樓
email：hkcite@biznetvigator.com
電話：(852)25086231　傳眞：(852) 25789337
馬新發行所／城邦（馬新）出版集團 Cité(M)Sdn. Bhd.
41, Jalan Radin Anum, Bandar Baru Sri Petaling,
57000 Kuala Lumpur, Malaysia.
電話：(603) 90578822　傳眞：(603) 90576622
email:cite@cite.com.my

封面設計／黃聖文
電腦排版／游淑萍
印　　刷／漾格科技股份有限公司
經 銷 商／聯合發行股份有限公司
電話：(02)2917-8022　傳眞：(02)2911-0053

■ 2016 年（民 105） 9 月初版
■ 2022 年（民 111） 8 月初版 14.5刷　　Printed in Taiwan

定價 / 240元

著作權所有・翻印必究

ISBN　978-986-93420-5-6

POPO城邦原創 www.popo.tw　城邦讀書花園 www.cite.com.tw

本書如有缺頁、倒裝，請來信至service@popo.tw，會有專人協助換書事宜，謝謝！